La Librairie de monsieur Livingstone

La Librairie de monsieur Livingstone

MÓNICA GUTIÉRREZ ARTERO

Traduction de l'espagnol
par Martine Desoille

City
Poche

Publié en Espagne sous le titre *La libreria del senor Livingstone*
par Ediciones B, une marque de Penguin Random House.
Couverture : Penguin Random House

ISBN : 978-2-8246-2053-4
Code Hachette : 49 3389 2

Collection dirigée par Christian English & Frédéric Thibaud.
Catalogue et manuscrits : city-editions.com

Dépôt légal : Mai 2022

À mon ingénieur.
Pour tout. Toujours.

1

M. Livingstone trouvait effarant que Roberta Twist ait baptisé son fils unique Oliver à l'église presbytérienne de Saint-Andrew. Non pas qu'il ait eu une dent contre les paroissiens de ladite église, ou même contre sa hideuse coupole ; il considérait simplement qu'il fallait une sacrée dose de cynisme pour abandonner du lundi au vendredi un garçon appelé Oliver Twist devant la porte de sa boutique.

Edward Livingstone exerçait le métier de libraire depuis un si grand nombre d'années qu'il ne les comptait plus. Ce n'était pas chez lui une vocation, mais plutôt une question de survie : il s'entendait mieux avec les livres qu'avec les humains. Encore que cette dernière observation soit sujette à caution, dans la mesure où il arrivait que même le plus renfrogné des libraires fasse des exceptions.

Moonlight Books occupait un vieil immeuble à un étage dans une petite rue du quartier du Temple. Elle voisinait avec un magasin de chaussures pour hommes qui avait connu son heure de gloire dans les années vingt du siècle passé, et l'échoppe d'un tailleur si vieux que la majorité de ses clients n'avait plus besoin de ses services. Pour autant, M. Livingstone n'avait rien contre le fait que sa boutique se trouvât dans une rue peu passante, estimant que, sans une part de mystère, la vie était dénuée d'intérêt.

Avec sa devanture entièrement peinte en bleu, MOONLIGHT BOOKS offrait une vue pimpante depuis la rue. Derrière la vitrine impeccable, tout un assortiment de livres attirait avec plus ou moins de succès le regard des badauds. Bien que M. Livingstone ne s'occupât pas personnellement de disposer les livres sur les présentoirs, ceux-ci devaient recevoir son approbation, laquelle s'accompagnait généralement d'un petit grognement. Quand un client poussait la porte, munie d'une poignée en forme de plume, il était accueilli par le tintement d'un carillon au timbre singulier.

À quarante ans et des poussières, Edward Livingstone avait organisé sa boutique selon sa propre philosophie littéraire : les classiques en bas et les auteurs contemporains à l'étage, avec les traités de philosophie, ouvrages sur les voyages, de théologie, d'histoire, etc., de sorte que pas même les auteurs les plus récents ne pouvaient échapper au regard scrutateur des Aristote, Plutarque, Thucydide, Voltaire, Rousseau ou Kant, et autres gardiens de la modernité. Avec leurs parquets cirés usés par le temps, leurs murs aux tons passés tirant sur le violet, et leurs énormes rayonnages couverts de livres, les deux niveaux de la librairie étaient reliés par un escalier en colimaçon doté d'une superbe rampe en fer forgé. Selon M. Livingstone, pour pouvoir savourer les auteurs du premier, il était indispensable d'avoir lu une grande partie de ceux du rez-de-chaussée. Et bien qu'il ne fît jamais aucune remarque à voix haute sur son extraordinaire escalier de style Art nouveau, ceux de ses clients ayant un tant soit peu le sens de l'observation ne pouvaient pas ne pas remarquer la volupté avec laquelle il laissait courir ses doigts sur sa rampe à motifs végétaux.

Il fallait lever la tête vers le ciel par une nuit étoilée pour comprendre d'où la librairie tenait son nom. Une verrière en forme de pyramide couronnait majestueusement le vertigineux plafond du premier étage. Durant la journée, si souvent pluvieuse à Londres, elle laissait à peine passer la lumière, mais quand la nuit était limpide, pour peu qu'on prît la peine de lever le nez vers les poutres et les chevrons, on obtenait une vue féérique du ciel illuminé par la lune et les étoiles. En dehors de l'escalier en colimaçon, le propriétaire de Moonlight Books considérait sa verrière comme l'un de ses biens les plus précieux.

Lointain parent de l'explorateur écossais qui avait découvert les sources du fleuve Zambèze – appelées « chutes Victoria » – Edward Livingstone avait choisi de s'en tenir aux aventures beaucoup moins périlleuses qu'offrait la lecture de ses livres préférés, plutôt que de marcher dans les traces de son illustre ancêtre. Comme tout bon libraire, son Monde était sa librairie ; son État, la lecture ; sa Constitution, l'index alphabétique des titres et auteurs qu'il avait répertoriés dans sa base de données informatique, même s'il était capable de localiser de mémoire n'importe quel ouvrage, y compris dans les plus mauvais jours.

C'était un mardi quand, avec sa logique implacable d'enfant de huit ans, Oliver Twist avait ébranlé les principes jusque-là infrangibles de M. Livingstone. On était en novembre et le soir tombait rapidement. Les lumières de la boutique étaient allumées, et trois personnes furetaient parmi les nouveautés exposées au rez-de-chaussée, faisant craquer le vieux plancher ciré sous leurs pas.

Cet après-midi-là, Edward Livingstone était d'humeur maussade après avoir monté et descendu son superbe escalier un nombre de fois incalculable pour mettre en rayons les nouveaux arrivages. Épuisé, il se laissa choir sur l'un des deux sofas du premier étage.

— Vous devriez embaucher quelqu'un pour vous donner un coup de main, déclara la petite voix flûtée d'Oliver Twist, installé avec son sac à dos et ses livres d'astronomie dans le coin Histoire, sa section préférée.

— Et toi, tu devrais rentrer chez toi, bougonna M. Livingstone.

Oliver, dont la mère ne passait jamais le chercher avant l'heure de la fermeture, haussa les épaules et se replongea dans un énorme traité sur les lunes de Jupiter. Il était habitué à la brusquerie du libraire, tout comme ce dernier était habitué à sa présence au premier étage.

Chaque jour, après l'école, il retrouvait Clara, la fille au pair des Twist, qui lui donnait son goûter et l'accompagnait en silence jusqu'à Moonlight Books. Oliver ne savait pas précisément quelles étaient les obligations de

Clara, mais ce qui était sûr, c'est qu'il n'en faisait pas partie. L'employée de maison s'arrangeait toujours pour se débarrasser de lui le plus vite possible et sans décrocher un mot. Oliver avait l'impression d'être un paquet. Car quelle personne sensée aurait fait la conversation avec un paquet ?

M. Livingstone n'avait rien contre Oliver, qui lui faisait l'effet d'être doté d'un solide bon sens, contrairement aux quelques dizaines de clients qui franchissaient le seuil de sa librairie chaque jour. De sorte qu'il tolérait patiemment ses manies d'enfant surdoué. En revanche, il soupçonnait Mme Twist de faire partie de ces gens qui attisaient la haine de Dickens parmi les écoliers. Il était intimement convaincu que les couples modernes stigmatisaient Dickens et promouvaient la lecture d'auteurs soumis à l'influence pernicieuse des Français. Roberta Twist était une avocate belle comme la Reine des neiges, et si peu encline à la compassion qu'elle pouvait abandonner chaque jour son fils sans états d'âme. Le libraire n'avait que faire du quotient intellectuel d'Oliver, mais il savait apprécier à leur juste valeur les remarques du garçon.

Un jour, à l'époque où Edward croyait encore que la présence d'Oliver au magasin n'était que transitoire, il lui avait demandé pourquoi il passait ses après-midi à la section Histoire.

— Tu ne préférerais pas jouer au quidditch avec tes amis ?

— Je n'ai pas d'amis, avait répondu le gamin, assis par terre, parmi des piles de livres.

— Vous n'avez pas besoin d'être amis pour jouer ensemble, fit remarquer M. Livingstone, conscient que son propre agenda n'était pas bien épais.

— Je me sens bien ici.

Ce même jour, le libraire rappela une fois de plus Mme Twist à l'ordre.

— Vous ne pouvez pas laisser votre fils ici chaque après-midi.

— Combien voulez-vous ? répondit d'un ton hautain la Reine des neiges, pour qui tout pouvait s'acheter en ce monde.

— Ceci est une librairie. Pas une garderie.

— Oliver est un client. Il ne salit pas, ne dérange pas, ne mord pas, résuma-t-elle avant de ressortir, son smartphone dans une main et son attaché-case dans l'autre.

Son fils avait haussé les épaules et l'avait suivie dehors, rouge de honte. Le lendemain, il avait expliqué à M. Livingstone que c'était lui qui avait eu l'idée de passer ses après-midi chez Moonlight Books, contre l'avis de ses parents.

— Ils m'ont inscrit à un tas d'activités extrascolaires, mais je n'en aimais aucune. Alors, je me suis arrangé pour me faire renvoyer.

— Comment ?

— En faisant semblant de dormir pendant les cours. Les psychologues déconseillent aux parents d'inscrire leurs enfants à des activités qui ne les intéressent pas. Moi, la seule chose que j'aime, c'est explorer l'univers.

Edward, qui ne croyait plus aux vertus de la psycho-pédagogie depuis belle lurette, ne chercha pas à remettre en question le bien-fondé de ses explications. Cependant, il voulait comprendre pourquoi le garçon avait jeté son dévolu sur sa librairie.

— Je n'ai pas beaucoup d'ouvrages d'astronomie.

— Non, mais d'ici, on peut voir les étoiles quand la nuit tombe, lui répondit Oliver.

Il ne pouvait pas reprocher au garçon d'aimer ce lieu que lui-même considérait comme son seul refuge sur terre.

Mais ce n'était pas pour cette raison que M. Livingstone cessa d'objecter la présence d'Oliver des heures durant dans sa librairie – objections que Roberta Twist balayait de toute façon d'un revers de main. Ce n'était pas non plus à cause de son amour respectueux des livres, ou son admiration pour la verrière pyramidale. Non, c'était par la force de l'habitude qu'Oliver Twist avait fini par faire partie du décor de Moonlight Books. Chaque jour, après l'école, il montait s'asseoir sur le plancher grinçant, sortait ses trésors de son sac à dos (cartes du ciel anciennes, boussoles, livres, papier et crayons de couleur) et s'immergeait avec bonheur dans l'immensité de l'univers. Ce cérémonial s'était répété si souvent qu'il s'était inscrit dans le quotidien de M. Livingstone, au point que ce dernier avait regretté sa présence lorsque Oliver avait été retenu à la maison par la grippe une semaine durant.

Edward avait les reins moulus. Il remua les pieds et se rendit compte que ses jambes tremblaient encore d'avoir fourni tant d'efforts. Il pesta en silence contre la décrépitude qui guettait les libraires vieillissants. Le temps était peut-être venu, en effet, d'embaucher quelqu'un de plus jeune pour l'aider à garnir les rayons et transporter des livres de haut en bas de son magnifique escalier en colimaçon.

— J'espère que tu ne te réfères pas à toi-même, lança M. Livingstone à Oliver quand ce dernier lui en fit la suggestion.

— Non. J'ai besoin de tout mon temps si je veux devenir…

— … l'astronaute le plus jeune du monde. Oui, je sais.

— Vous devriez embaucher un étudiant. Ils sont forts et ils cherchent des jobs à mi-temps.

— Je n'ai pas pour habitude de suivre les conseils d'un gamin de six ans.

— Huit ans, deux mois et trois semaines.

— Peu importe, grommela M. Livingstone en lisant le titre du livre que son interlocuteur tenait à la main. C'est moi qui décide ici, et pas un astronaute en herbe qui rêve de conquérir les lunes de Jupiter.

S'il y avait un carillon qui rendait un son lugubre à fendre l'âme, c'était bien celui de Moonlight Books. Son tintement signalait l'arrivée de nouveaux clients ou le départ de ceux qui se trouvaient à l'intérieur. Edward Livingstone songea qu'il devait descendre et surveiller la caisse.

Le libraire se leva dans un douloureux craquement d'articulations, et descendit une fois encore son précieux escalier. S'étant assuré que tout était en ordre, il porta son regard sur son présentoir de prédilection. Tout le rez-de-chaussée de Moonlight Books était consacré aux classiques, à l'unique exception des livres illustrés, le péché mignon de M. Livingstone. C'était plus fort que lui ; malgré, ou peut-être à cause de toutes ces années consacrées à l'érudition et à l'exploration littéraire, il ne pouvait résister au pouvoir d'attraction des illustrations, que ce soient celles des derniers catalogues des éditeurs ou des planches originales de livres anciens. Sur une énorme desserte, les dernières publications de Benjamin Lacombe, Tim Burton, Iban Barrenetxea, Sara Morante, Charlotte Voake, Stephen Biesty ou Quentin Blake côtoyaient allègrement des livres d'art consacrés à Maurice Sendak, George Barbier, Alphonse Mucha, Toulouse-Lautrec ou Gustave Doré. Échappant à la discipline de fer à laquelle M. Livingstone soumettait ses chers livres, cette section était la plus indomptable et la plus sauvage de toutes. Terre de personne et de tout le monde, on y rencontrait des peintres, dessinateurs, graveurs, publicistes, designers et autres illustres enragés du pinceau.

Au centre de la table qui abritait ces trésors, un petit piédestal supportait une vitrine doucement éclairée. À l'intérieur, M. Livingstone avait exposé le journal de bord de son ancêtre explorateur : *observations cartographiques, zoologiques, botaniques et géologiques du sud de l'Afrique (1849-1851)*. Il s'agissait du cahier original manuscrit de David Livingstone, dont le libraire avait hérité d'une tante célibataire dix ans auparavant.

Edward y tenait comme à la prunelle de ses yeux, au point qu'il avait refusé, malgré ses protestations, de soulever Oliver, qui n'était pas assez grand, pour qu'il puisse admirer de ses propres yeux la merveille exposée dans la châsse de verre.

Était-ce à cause de ce petit îlot d'anarchie dérivant parmi les eaux bien ordonnées de sa librairie, ou parce qu'il n'avait jamais remporté le prix Scrooge du libraire le plus grognon de l'année, bien qu'ayant été nominé à trois reprises ? Toujours est-il que la ride qui s'était creusée sur le front de M. Livingstone s'aplanit lorsqu'il décida, pour une fois, de suivre les conseils d'un mioche, et alla accrocher une pancarte à la porte de Moonlight Books : ON RECRUTE AUXILIAIRE.

2

Agnes Martí réprima un douloureux soupir quand elle consulta son compte en banque en ligne. Cela faisait trois mois qu'elle était à Londres, et elle n'avait toujours pas trouvé d'emploi stable.

— Je pars, avait-elle dit à ses parents avant de quitter sa Barcelone natale. Le travail précaire et les coupes budgétaires, ça va comme ça. J'en ai assez des fouilles archéologiques de printemps et de devoir frapper à toutes les portes pour quémander du boulot.

Ses parents, plus tristes qu'impressionnés par son discours héroïque, acquiescèrent sans conviction. Ils n'étaient pas certains d'avoir le courage d'affronter le syndrome du nid vide.

— Et qu'est-ce que tu comptes faire là-bas ?

— J'aimerais travailler dans un grand musée. Comme le British Museum.

Agnes prononça ces deux derniers mots d'une voix à peine audible. N'étant pas du genre à se faire des films, elle savait que le British Museum était hors de portée. Mais peut-être trouverait-elle le courage de réaliser ses rêves les plus fous si elle osait les formuler. Elle n'était pas une adepte de la philosophie *new age*, mais tous les êtres humains ont besoin de croire à leur bonne étoile.

C'était le paysage crépusculaire et les eaux ondoyantes d'Oxyrhynque qui lui avaient donné l'idée d'aller tenter sa chance à Londres. Agnes était diplômée d'archéologie, et depuis cinq ans, elle participait à des fouilles saisonnières sous la direction du professeur Josep Padró. Située au sud-ouest du Caire, Oxyrhynque, jadis appelée Per-Medjed, était une ancienne capitale de Haute-Égypte qui avait connu son heure de gloire culturelle et commerciale à l'époque hellénistique, puis décliné après l'invasion arabe, au VIIe siècle. L'Université de Barcelone, la Société catalane d'égyptologie et le Service des antiquités égyptiennes y menaient conjointement une mission archéologique. Les sites, la conservation des structures, les nouvelles découvertes ainsi que les recherches relatives à l'époque hellénistique étaient les chants de sirène qui chaque année ensorcelaient Agnes. À la tombée du jour, une fois sa journée terminée, quand la poussière retombait doucement sur le profil des excavations, l'archéologue aimait se promener parmi les ruines et admirer les couleurs extraordinaires de l'Afrique. Elle s'imaginait Flinders Petrie empruntant ces mêmes sentiers caillouteux un siècle plus tôt, dans les années 1920.

Il n'était pas bien difficile de se laisser emporter par le romantisme de l'archéologie, la chaleureuse camaraderie qui régnait sur le site et l'enthousiasme de leur professeur. Mais chaque été, quand les fouilles s'achevaient et qu'Agnes rentrait à Barcelone, la dure réalité reprenait le dessus : elle avait eu beau perfectionner son anglais, elle n'avait toujours pas d'emploi stable, elle vivait chez ses parents, et presque tous ses amis archéologues avaient émigré, les autres s'efforçant de vivoter de petits boulots. Elle avait bien songé à devenir enseignante, mais elle était claustrophobe et craignait de ne pas supporter d'être enfermée dans une salle de classe. C'est pourquoi, pour ne pas succomber à la morosité estivale, elle rédigeait des comptes rendus sur les fouilles d'Oxyrhynque. À ce jour, elle avait publié trois articles, dont l'un avait été remarqué par le professeur Josep Padró et plusieurs autres chercheurs émérites. Bien sûr, cela ne suffirait pas à lui ouvrir les portes du British Museum, mais elle s'en serait voulu à mort de ne pas essayer.

Depuis qu'elle était arrivée à Londres, elle avait fait jouer ses contacts jusqu'à la limite du supportable. Elle connaissait par cœur l'adresse d'une demi-douzaine d'agences de recrutement et déposait systématiquement son CV dans les musées qu'elle visitait. Personne ne semblait avoir besoin d'une archéologue spécialiste de l'Antiquité. Pas même dans les recoins les plus improbables de l'Angleterre.

— Nous n'avons pas de projets archéologiques à Stratford-upon-Avon[1], lui avait dit le plus sérieusement du monde la femme aux cheveux blancs et aux lunettes d'écaille qui avait daigné lire son CV au deuxième étage de la British Library.

1. Ville natale de Shakespeare.

— Je ne tiens pas spécialement à faire des fouilles.

— Excusez-moi, mais je ne comprends pas pourquoi vous voulez travailler avec nous. Ceci est la Shakespeare Society, vous l'aurez remarqué.

— Peut-être auriez-vous un manuscrit à retrouver ? Ou à dater ?

— Nous travaillons avec des linguistes et autres espèces rares, mais pas avec des archéologues.

— Et des historiens ?

— Pour cela, il faudrait consulter les annales, rit la femme, pas mécontente de son trait d'esprit.

— À la différence des historiens, les archéologues n'hésitent pas à se salir les mains.

— Les livres aussi sont poussiéreux…

— Je pourrais les nettoyer.

À ce moment précis, Agnes Martí comprit que le désespoir et la tristesse étaient en train de la rendre folle.

Elle prit subitement congé de la dame aux cheveux blancs et aux lunettes en écaille, puis dirigea ses pas vers la gare de Saint-Pancras. Bien que n'ayant pas d'attirance particulière pour les gares de chemin de fer, elle trouvait Saint-Pancras fascinante, avec ses briques vermillon, ses voûtes d'ogives et sa magnifique architecture. Dans les films de la saga *Harry Potter*, elle prêtait sa façade gothique à celle beaucoup moins attrayante de la gare voisine de King's Cross, et Agnes s'était souvent demandé pourquoi J.K. Rowling n'avait pas situé le quai 9 ¾, d'où partait l'express de Poudlard, à l'intérieur de Saint-Pancras.

Il y avait deux raisons pour lesquelles la jeune archéologue venait chercher refuge ici : la première était la statue de bronze du poète John Betjeman, située près de l'entrée principale, et la seconde était Jasmine, serveuse dans le salon de thé Fortnum & Mason, qui se trouvait à l'entrée des quais. Betjeman incarnait à la fois l'esprit de la liberté et la persévérance du cœur. Jasmine était sympathique et la réconfortait avec une tasse de thé Earl Grey agrémentée d'un nuage de lait et d'une part du meilleur *carrot cake* qui se faisait à Londres.

John Betjeman s'était battu bec et ongles pour la conservation de Saint-Pancras, lorsque les autorités avaient envisagé de la raser complètement, au lendemain de la Seconde Guerre mondiale. Mais il avait tenu bon, répétant inlassablement que la gare était « beaucoup trop belle et romantique » pour laisser sa place à un cube de béton. Grâce à son opiniâtreté, le somptueux édifice avait survécu et constituait aujourd'hui l'un des fleurons du patrimoine architectural londonien.

La statue de Betjeman, œuvre de Martin Jennings, tenant son chapeau d'une main tandis qu'il rejetait la tête en arrière pour contempler la grandiose verrière, enchantait Agnes. Elle avait l'impression de voir un vieil ami. À ses pieds, gravé en rond, on pouvait lire un fragment d'un de ses poèmes, « *Winter Seascape*[1] » :

1. « Paysage marin d'hiver ».

Here where the cliffs alone prevail.
I stand exultant, neutral, free,
And from the cushion of the gale.
Behold a huge consoling sea.

Ayant salué en silence le poète, elle entra chez Fortnum & Mason. Elle alla s'asseoir au fond de la salle, là où l'on dressait des tables à l'heure du thé, même si, pour autant qu'elle avait pu en juger, les Londoniens prenaient le thé à toute heure de la journée. Au même instant, Jasmine, une grande femme noire, au regard vif et au sourire généreux, sortit de l'arrière-boutique. Ses traits s'illuminèrent lorsqu'elle aperçut Agnes. Elles avaient fait connaissance par l'intermédiaire d'une amie commune, et Jasmine avait proposé à Agnes de lui louer l'une des chambres de sa maison.

— Comme d'habitude ?

— Oui, s'il te plaît.

L'air abattu de sa cliente n'échappa pas à la serveuse, mais avant de lui en demander la raison, elle jugea préférable de lui apporter sa commande.

— Je me suis fait éconduire par la Shakespeare Society.

— Tu leur as parlé de Marlowe ?

— Je leur ai dit que j'étais archéologue et que je cherchais du travail.

Agnes remua son thé avec sa petite cuillère tandis qu'elle observait les délicates petites fleurs rose et vert qui ornaient la tasse de porcelaine.

— Si je ne trouve pas quelque chose rapidement, je vais devoir rentrer. Mes réserves s'épuisent à vue d'œil. J'étais loin de m'imaginer que ce serait aussi difficile.

— Pourquoi pensais-tu qu'il te serait plus facile de trouver du travail à Londres qu'à Barcelone ? demanda Jasmine.

— Parce que Londres est la cité des merveilles… et des musées.

— Ma chère Alice, sourit la serveuse, nous ne sommes pas dans le terrier du Lapin blanc.

— Je pourrais travailler ici, se surprit à dire Agnes à voix haute.

La décoration chaleureuse, les lambris de bois clair et l'éclairage raffiné, conjugués à l'arôme du thé fraîchement infusé, l'invitaient à se réfugier dans cette possibilité.

Jasmine secoua énergiquement la tête.

— Tu ne tiendrais pas une semaine.

— Je suis experte dans la reconstitution des pots cassés. Les tasses ici ne peuvent pas être bien différentes des poteries en terre sigillée.

Le manager, un grand maigre au teint pâle qui aurait pu faire la réclame pour des balais-brosses, fit signe à Jasmine d'aller servir un couple qui venait d'entrer. Agnes s'absorba dans la dégustation de son gâteau, tout en méditant sur la possibilité de se faire embaucher comme serveuse.

— Je viens d'avoir une idée, lança Jasmine quand elle s'en revint. Tu sais, quand je t'ai appelée Alice, tout à l'heure… Il y a un endroit qui pourrait…

— Le terrier du Lapin blanc ?

— Non, ici même, à Londres. Le quartier du Temple. Je crois que c'est exactement ce qu'il te faudrait pour chasser tes idées noires.

— Il y a beaucoup de musées et de sociétés historiques là-bas ?

— Non.

— Dans ce cas, je ne vois pas l'intérêt.

— Tu le verras quand tu y seras.

— Et qu'est-ce que je vais faire là-bas ? Contredire la Reine de Cœur jusqu'à ce qu'elle pique une crise de nerfs et me fasse couper la tête ?

Agnes soupira.

— Sérieusement, Jasmine, qu'est-ce que je vais trouver là-bas ?

— Tout dépend de ce que tu cherches.

En quittant Saint-Pancras, Agnes avait le cœur lourd et l'impression que la poussière ocre d'Oxyrhynque lui avait embrumé l'esprit le jour où elle avait eu l'idée d'émigrer. Mais avant d'acheter son billet de retour, elle allait tout de même suivre les conseils de Jasmine. Ce serait une façon élégante de faire ses adieux à cette ville extraordinaire.

Entre la rive de la Tamise et Fleet Street, non loin de Waterloo Bridge, s'étendent les verdoyants jardins de Middle Temple, et au-delà, tout un paisible dédale de ruelles et de placettes. Agnes était subjuguée par la beauté des parterres de fleurs et des grands arbres dont le feuillage se parait des couleurs d'automne, son pessimisme momentanément envolé. Lorsqu'elle passa sous la voûte de pierre qui marquait l'entrée du quartier du Temple, elle s'aperçut d'à quel point la City était différente de l'idée qu'elle s'en faisait. Cheminer parmi ces rues propres et silencieuses la réconcilia avec le monde. Elle avait lu dans un guide touristique que des juristes, et autres créatures prodigieuses, vivaient dans ces maisons pittoresques regroupées autour de ces cours arborées.

Jasmine avait bien fait de lui suggérer de venir faire un tour ici. Cette petite enclave pleine de charme lui mettait du baume au cœur. Ignorant l'amoncellement de nuages roses qui plombaient le ciel, Agnes retrouva son esprit aventurier. Dans un élan de témérité, elle avait à trois reprises tenté de visiter l'église du Temple. En vain.

Elle se laissa tomber sur un banc de bois horriblement inconfortable et savoura le silence qui régnait dans le minuscule et ravissant jardin. Pour la première fois depuis longtemps, elle eut l'impression d'être Alice, perdue dans le labyrinthe. Elle ne ressentait aucune inquiétude ; simplement, elle ignorait où était la sortie. Pourquoi diable se mettait-il à pleuvoir justement le jour où elle, d'ordinaire si prévoyante, avait oublié de prendre son parapluie ?

Le soir, complice de la pluie, tomba rapidement. L'idée d'errer sans but dans la ville avait brusquement perdu son attrait. Agnes abandonna le banc et prit la direction du fleuve. Du moins l'espérait-elle. Elle était en train de se dire que la vie avait un sens de l'humour bien particulier quand elle se retrouva de nouveau sur le parvis de l'église. Elle revint sur ses pas, la pluie dégoulinant sur sa longue chevelure de princesse exilée, imprégnant son manteau et ses souliers jusqu'à les rendre informes.

Elle tourna au coin d'un immeuble de style édouardien et leva la tête pour lire le nom de la rue. Était-ce parce qu'elle avait de l'eau dans les yeux ? Toujours est-il qu'une boutique à la devanture bleue lui apparut nimbée de brume comme dans un rêve. Une enseigne du même bleu, sur laquelle se détachaient des lettres blanches joliment calligraphiées, surmontait la vitrine brillamment éclairée.

— Moonlight Books, lut Agnes à voix haute.

Sans autre excuse que de s'abriter de la pluie qui tombait à verse, elle posa la main sur la poignée en forme de plume et entra dans la librairie.

Un carillon au tintement lugubre retentit au-dessus de sa tête, et elle frissonna dans son manteau trempé.

3

L'amour qu'Edward Livingstone vouait à Sioban Clark était aussi profond que l'océan. Sans doute n'aurait-il pas utilisé ces mots-là pour décrire ses sentiments, mais il savait au fond de lui-même que c'était la vérité. Il avait fait sa connaissance un jour qu'elle et lui se trouvaient pris au milieu d'un tourbillon de professionnels de l'édition. Elle était en train de lire tandis qu'autour d'eux, libraires et éditeurs débattaient âprement du prix des livres de poche. Edward s'était approché, poussé par la curiosité. Il n'aurait su dire si c'était son physique agréable qui l'avait attiré, ou sa capacité à s'isoler de la foule, ou encore la délicatesse de ses mains blanches tournant les pages d'un livre, ou le fait que ce livre fût *L'Antiquaire* de Walter Scott. Douze années s'étaient écoulées depuis lors.

Sioban avait débuté comme commerciale chez l'éditeur Penguin Classics.

Munie des derniers catalogues, elle faisait la tournée des libraires de Londres pour leur présenter les nouveautés et s'efforcer de les convaincre que les auteurs anciens étaient une valeur sûre. La seule raison pour laquelle elle n'était jamais entrée chez Moonlight Books était qu'Edward n'avait pas besoin d'être convaincu de quoi que ce soit concernant la littérature antérieure au XXe siècle. Les dernières parutions du catalogue de Penguin arrivaient au grand complet et sans discussion aucune dans sa librairie chaque mois.

Le jour où M. Livingstone et elle firent connaissance au congrès des métiers du livre, Sioban lisait pour trouver un peu de calme au milieu de cette foule vociférant. Depuis un mois à peine, elle avait fondé sa propre maison d'édition avec un ancien camarade d'université. Ils l'avaient appelée Symbelmyne, avec le secret espoir qu'un jour peut-être, ils pourraient publier un roman de J.R.R. Tolkien. Leur capital de départ étant dérisoire, ils avaient décidé, durant les deux premières années, de ne publier que de bonnes adaptations d'œuvres tombées dans le domaine public. Ils n'en étaient qu'à leurs débuts, mais pour Sioban, c'était le plus grand défi de sa vie. Au point qu'il lui arrivait de se réveiller en sursaut la nuit, la tête pleine d'images terrifiantes de zombies s'invitant sur la couverture d'*Orgueil et Préjugés*.

— Comment se porte Monkbarns[1] ? demanda Edward, l'interrompant dans sa lecture.

Sioban releva le nez de son livre et regarda l'homme grand et maigre, aux cheveux bruns et aux petits yeux bleus derrière ses lunettes sans monture.

— Je vous demande pardon ?

1. Principal protagoniste du roman *L'Antiquaire*, de Sir Walter Scott.

— C'est un de mes romans préférés, dit-il en désignant le livre qui se trouvait sur ses genoux. Puis il lui tendit la main et se présenta : Edward Livingstone, libraire.

M. Livingstone ne se souvenait plus très bien s'il avait approché la jolie lectrice de Walter Scott avec l'intention de flirter, mais il était conscient que son sourire, dont il était avare, avait quelque chose de désarmant.

— Sioban Clark, agent commercial. Elle lui tendit la main en retour. Euh, non, pardon… éditrice. Directrice d'une petite maison d'édition. Ou, disons, d'une jeune maison d'édition. Jeune et petite. Oh, s'il vous plaît, empêchez-moi de bafouiller.

— Que diriez-vous de prendre le thé ?

— Oui, volontiers. Je vous promets de me concentrer sur les petits sandwichs.

Ce fut le premier d'une longue série de thés accompagnés de sandwichs au concombre, préludes à des dîners, puis à des promenades dans le parc, des séances de cinéma en noir et blanc, d'incursions dans d'autres librairies.

Car c'est une vérité universellement reconnue qu'une histoire d'amour qui en vaut la peine commence par une invitation à prendre le thé.

Douze ans plus tard, la maison d'édition de Sioban était toujours petite, même si la satisfaction qu'elle procurait à sa fondatrice était immense. Au fil du temps, les couvertures de romans cauchemardesques qui hantaient ses nuits avaient disparu. Elle dormait d'un sommeil paisible et réparateur, sauf peut-être quand son comptable, un rouquin du nom de Percival Donohue, lui présentait la feuille d'impôts trimestrielle ainsi que le solde des pertes et profits. Sioban aurait aimé faire preuve du même sang-froid qu'Edward quand, de toute évidence, l'argent encaissé lui permettait tout juste de joindre les deux bouts.

— Nous ne vendons pas des livres pour devenir riches. On peut à peine dire qu'il s'agit d'un commerce ou même d'un véritable gagne-pain.

— Parle pour toi, Edward, se lamentait Sioban quand son libraire préféré lui débitait ces sornettes philosophiques. En ce qui me concerne, je vais devoir tirer un trait sur le sac à main que je comptais m'acheter ce mois-ci.

— Au diable, les sacs à main ! Tu viens de publier *L'Expédition de Humphry Clinker* de Tobias Smollett !

— En disant cela, tu me fais me sentir coupable, et tout cela à cause de Tobias.

— Il haïssait les frivolités.

— Il était libraire ?

— Écrivain et éditeur, précisa Edward. Les livres ne sont pas notre gagne-pain, ils sont notre raison de vivre. Et ce n'est pas en vivant que l'on engrange des bénéfices, si ?

— N'empêche qu'il me plaisait bien, ce sac à main…

Par une nuit de pleine lune, tandis qu'ils piqueniquaient à la lueur d'une vieille lampe à huile sous la verrière de Moonlight Books, M. Livingstone avait demandé sa main à Sioban pour la première fois.

— Épouse-moi, lui avait-il dit alors qu'il choquait son verre de chardonnay avec celui de l'éditrice.

— Edward !

— J'ai tous les livres de ton catalogue. C'est ça, l'amour !

— L'amour des livres.

— Épouse-moi pour mes livres.

— Jamais de la vie.

— Épouse-moi pour l'argent.

— Tu n'en as pas.

— Dans ce cas, épouse-moi parce que je t'aime comme je n'ai jamais aimé personne. Pas même les livres.

Sioban avait fait taire ses élucubrations avec un long baiser sous la nuit étoilée.

— Je t'aime, Edward. Je t'aime énormément. Et c'est précisément pour cela que je ne veux pas t'épouser.

M. Livingstone plongea ses yeux dans les prunelles pleines de sagesse de sa bien-aimée tandis qu'elle lui expliquait pourquoi elle ne croyait plus au mariage. Habile stratège, il ne chercha pas à la contredire. Dès lors qu'elle lui avait dit qu'elle l'aimait, il avait bon espoir de réussir à la convaincre.

Plus tard, ayant mûrement réfléchi à tous les arguments que Sioban avait avancés, M. Livingstone renouvela par deux fois sa demande en mariage. La deuxième fois, la ravissante éditrice lui avait paru beaucoup moins catégorique et Edward avait l'intime conviction qu'un libraire patient animé d'honorables intentions finissait toujours par avoir gain de cause.

Les jeudis, l'éditrice venait passer l'après-midi chez Moonlight Books. C'était le jour des événements imprévus, et elle prenait secrètement plaisir à voir la mine torturée d'Edward, en proie à l'incertitude, chaque fois que le carillon de la porte tintait. Après avoir aidé le libraire à faire l'inventaire et à garnir la vitrine, Sioban montait au rayon Histoire, où elle prenait un goûter en compagnie d'Oliver, le petit génie qui lui racontait les mystères de l'univers. Or, ce jeudi-là, une surprise supplémentaire l'attendait : Oliver avait enregistré, avec l'accord des intéressés, les entretiens que M. Livingstone avait fait passer toute la semaine à de potentiels candidats au poste d'auxiliaire. Sioban se tenait tellement les côtes de rire qu'elle en avait mal au ventre.

— Celle-là, c'est la troisième. Une étudiante en biologie, expliqua Twist en montant le volume de son téléphone portable.

« Vous pouvez m'assurer que tous les livres qui se trouvent ici ont été imprimés sur du papier recyclé ?

— Je vous demande pardon ?

— Le grammage, la teneur en chlore ? Ah, et l'encre, elle répond bien aux critères du conseil régulateur en matière de plomb ?

— Pourquoi ? Vous avez l'intention de les manger ?

— Et voilà, les bons vieux préjugés ! s'écria la fille, indignée. Vous dites cela parce que je suis végétarienne ! »

— Et maintenant, pendant presque cinq minutes, la fille va tenter de démontrer le lien néfaste qui existe entre la délocalisation de l'industrie alimentaire et les opportunités de marché de l'imprimerie, expliqua Oliver.

— Passe à la suivante, s'il te plaît.

Sioban essuya les larmes qui ruisselaient sur ses joues. Elle était morte de rire rien qu'à s'imaginer la tête d'Edward. Lui qui avait horreur d'engager la conversation, même avec les clients, se retrouvait à devoir interviewer une bande d'illuminés en quête de travail.

« Parlez-moi de votre expérience professionnelle, disait la voix du libraire dans le téléphone d'Oliver.

— Je travaille dans un bar à cocktails chaque soir, de neuf heures à deux heures du matin.

— Et pourquoi voulez-vous travailler dans une librairie ?

— À cause des horaires. Je pourrais cumuler les deux jobs. Et je ne crois pas que vendre des livres soit très différent de vendre des boissons.

— Ah non ?

— Les clients qui boivent et les clients qui lisent ? Chacun son délire et chacun son passe-temps, vous ne croyez pas ?

— Vous êtes poète ? »

— Quand il est parti, je me suis servi un whisky avec des glaçons, leur lança M. Livingstone depuis l'escalier en colimaçon. Content de voir que mes mésaventures vous amusent.

Sioban et Oliver le regardèrent, la mine hilare.

— C'est excellent, Edward. Du matériel de première qualité, lui dit-elle. Tu pourrais en faire un recueil comme *Les Perles de libraires* de Jen Campbell.

— On m'accuserait d'avoir tout inventé.

— Le candidat numéro dix n'était pas mal, intervint Oliver, en cherchant l'enregistrement dans les archives audio de son téléphone…

« Et vous pourriez faire une performance pour illustrer les dysfonctionnements du post-néoréalisme selon l'École de Vienne. Vous pourriez blinder la vitrine comme un bunker, répandre des tripes sur les murs, ouvrir une tranchée qui symboliserait…

— Mais, est-ce que vous vous rendez compte que ceci est une librairie ?

— Oui, bien sûr.

— Un lieu où l'on vend des livres ?

— Oui.

— À des gens qui ont envie de lire ? Des gens qui n'ont que faire des tripes ? »

Edward leva les yeux au ciel et secoua la tête. Au rez-de-chaussée, le carillon tinta bien qu'il fût presque l'heure de fermer.

— Je vous hais, dit-il avant de descendre, tandis que les deux compères éclataient de rire dans son dos.

M. Livingstone était sur le point de dire à la nouvelle venue que la boutique était fermée quand quelque chose le retint. La fille aux longs cheveux trempés par la pluie avait laissé son manteau, ses chaussures et ses chaussettes à la porte, et marchait pieds nus sur le plancher grinçant de Moonlight Books. Ce fut comme si la librairie retenait son souffle, tandis que la fille avançait, ébahie, en direction du présentoir où étaient exposés les beaux livres. Indifférente aux regards qui l'observaient, elle se mit sur la pointe des pieds pour admirer la vitrine et son précieux contenu. On aurait dit une nymphe attirée en ces lieux comme sous l'effet d'un sortilège, songea le libraire.

La dernière marche de l'escalier gémit sous les pieds d'Edward, et la jeune fille se tourna dans sa direction.

— Je suppose qu'il s'agit du journal de bord original du Dr Livingstone.

Au son de sa voix, Sioban et Oliver se penchèrent par-dessus la rampe de l'escalier.

— Excusez-moi, c'est une blague idiote. Je suppose qu'on vous l'a déjà faite un milliard de fois.

— Détrompez-vous. La moitié des gens qui entrent ici ne lèvent même pas les yeux vers la vitrine, et l'autre moitié ignore qui était David Livingstone.

Edward observa attentivement la jeune fille. Pâle, avec de grands yeux bruns et les joues rougies par le froid du dehors. Elle lui sembla triste. Ou plutôt mélancolique, et comme perdue.

— C'est en grande partie à cause du Dr Livingstone et de M. Stanley que j'ai voulu devenir archéologue, confessa la jeune femme. Même si mes parents prétendent que c'est à cause d'Indiana Jones.

— Il faut bien reconnaître qu'il porte le feutre comme personne.

Le sourire de la jeune inconnue le ravit.

— Il est tard, et je suis perdue. Pourriez-vous m'indiquer le chemin de la gare ?

— Quelle gare ?

— Peu importe. La plus proche.

— Tout dépend de là où vous souhaitez vous rendre.

Se retrouver dans le rôle du Chat du Cheshire n'était pas pour déplaire à M. Livingstone, mais Sioban, qui suivait la conversation depuis le premier étage, leva les yeux au ciel.

— Puis-je savoir d'où vous venez ? s'enquit Edward.

— De Saint-Pancras.

— Je me référais à votre accent, mais j'adore cette gare. Avec la statue de John Betjeman.

Le visage de la jeune fille s'illumina de nouveau d'un sourire.

— Moi aussi. Je viens de Barcelone, mais il y a si longtemps que je m'efforce de parler votre langue que j'espérais que vous ne remarqueriez pas mon accent.

— Oh, il est à peine perceptible, et je n'aurais jamais imaginé que vous étiez espagnole.

— Sans doute parce que j'ai suivi les traces de Petrie et perfectionné mon anglais à Oxyrhynque, au sein d'une communauté internationale d'archéologues.

— Petrie aurait aimé cela. Il était de Greenwich, où l'on aime les mélanges d'accents, fit remarquer le libraire. Au fait, vous saviez que Betjeman a été l'élève de C.S. Lewis au Magdalen College ? Il paraît que c'était un fainéant de première.

— Je crois qu'il a trouvé sa voie quand il a décidé de sauver Saint-Pancras.

M. Livingstone, qui était du même avis, l'observa attentivement par-dessus ses lunettes et lui tendit la main.

— Edward Livingstone, se présenta-t-il avec solennité.

— Agnes Martí, répondit Agnes en lui serrant la main. Archéologue égarée, ruinée et sans travail. Vous êtes parent du Dr Livingstone ?

— Arrière-petit-neveu ou quelque chose comme ça. Vous êtes sans travail ?

Agnes hocha la tête, sa chevelure trempée lui conférant un air tragique de princesse éplorée.

— J'aimerais vous inviter à prendre le thé en compagnie de deux amis, farfelus mais inoffensifs, qui ne résistent pas à l'attrait des cupcakes. Mais surtout, pas de panique.

— Pourquoi devrais-je paniquer ?

— Parce que je crains qu'ils n'insistent pour que vous veniez travailler chez Moonlight Books.

4

Dehors, il pleuvait toujours à verse. Pendant que M. Livingstone préparait le thé dans l'arrière-boutique, Sioban et Oliver se présentèrent à Agnes sans faire de manières, puis l'entraînèrent vers le recoin où ils avaient coutume de se réunir chaque jeudi soir autour d'une ultime tasse de thé.

— Par ici, dit Oliver en désignant des fauteuils en velours rouge cerise disposés autour d'une table basse.

Il l'entraîna vers la section de la librairie où étaient regroupées les œuvres de Shelly, Byron, Coleridge, Wordsworth, Goethe, Keats, Scott, et autres grandes figures de l'époque romantique.

Était-ce à cause des délicieux cupcakes ou des charmants hôtes de cette librairie aux parquets grinçants et à l'escalier en fer forgé, ou parce qu'après la fermeture, Sioban avait raccompagné Agnes jusque devant sa porte en taxi ? Toujours est-il que la magie des soirs d'automne dans le quartier du Temple avait opéré, et qu'Agnes avait accepté la proposition de M. Livingstone de travailler chez Moonlight Books de treize à dix-neuf heures tous les jours, sauf le dimanche.

— Je ne peux pas vous promettre monts et merveille, s'était excusé le libraire, car j'ai tout juste de quoi offrir un sac à main à Sioban pour Noël.

— Ne le laissez pas vous parler d'argent, intervint Sioban, sans quoi, il va vous dire que les livres sont un art de vivre qui ne requiert pas de salaire.

— « Admirable Miranda, digne de ce que l'admiration a de plus élevé, digne de ce que le monde a de plus précieux[1] ! » déclama le libraire amoureux en guise de réponse.

Avant qu'elle ne quitte la boutique, M. Livingstone remit à Agnes un petit papier rédigé à la main sur lequel figuraient ses horaires de travail, ses jours de congé, ainsi qu'une proposition de salaire qu'elle trouva généreuse. Elle accepta l'offre de M. Livingstone, quoiqu'en se jurant de continuer à faire la tournée des musées au cas où une opportunité se présenterait. Car le travail à la librairie était pour elle un pis-aller, une oasis dans sa traversée du désert professionnel.

— Je ne connais pas grand-chose aux livres, si ce n'est que j'aime ça. En particulier ceux qui traitent d'histoire ancienne et d'archéologie. Et de paléontologie, avait-elle dit à M. Livingstone.

— Pour Edward, l'important est que vous ne les mangiez pas, commenta l'éditrice avec un sourire énigmatique.

M. Livingstone ne lui avait pas donné d'explications ou d'instructions précises en la matière, et ne

1. William Shakespeare, *La Tempête*, acte I, scène 2.

l'avait pas davantage interrogée sur son expérience professionnelle ou ses motivations. Il semblait tout à fait convaincu que la pancarte « ON RECRUTE AUXILIAIRE » avait attiré Agnes comme un sortilège. Peu lui importait qu'elle soit à la recherche d'un poste qui fût plus en rapport avec ses ambitions professionnelles ou qu'elle fût incapable de retrouver le chemin de Moonlight Books le lendemain. Et de son côté, Agnes, qui voulait se donner encore une chance avant d'acheter son billet de retour pour Barcelone, avait accepté sans hésiter. Elle avait besoin d'argent si elle voulait atteindre ses objectifs, et cette librairie était clairement sa planche de salut.

Elle habitait à Kensington, non loin d'Earl's Court, dans une de ces petites maisons à un étage pourvues d'une courette et d'un minuscule jardin, situées en retrait des axes à grande circulation. Une de ses amies, qui avait récemment déménagé à Oxford, l'avait mise en contact avec Jasmine, et Agnes lui avait aussitôt loué une chambre sans même demander à la voir. Lorsqu'elle s'était présentée à l'adresse indiquée, elle n'avait pas été déçue. Elle allait pouvoir commencer son aventure londonienne du bon pied.

La propriétaire était la grand-mère de Jasmine, qui était partie s'installer à la campagne quelques années plutôt et avait laissé sa maison à son unique petite-fille. Pour compléter son salaire de serveuse chez Fortnum & Mason, Jasmine louait une chambre, mais ses deux précédents locataires étaient des gens crasseux qui la payaient au lance-pierre, et c'est uniquement parce qu'elle lui avait été recommandée par une amie qu'elle avait accepté de donner sa chance à Agnes. Elle lui avait fait l'effet d'une fille sympathique, responsable et ordonnée, et sa bonne odeur de linge frais, alliée à sa passion pour le thé Earl Grey, avait achevé de la mettre en confiance.

— Tu rentres tard, dis donc ! lui lança Jasmine depuis le salon du bas. Tu t'es perdue ?

— La prochaine fois que tu m'enverras me balader dans le quartier du Temple, dessine-moi un plan avec le trésor, s'il te plaît.

— Tu es trempée comme une soupe. Monte te changer et te sécher les cheveux ; ensuite, on mangera un morceau, lui dit Jasmine.

— Tu ne me poses pas de questions ?

Jasmine la regarda sans comprendre.

— Tu ne me demandes pas si je l'ai trouvé ? insista Agnes.

— Le Temple ?

— Le trésor.

— Tu vas faire des fouilles dans la crypte des Templiers ? demanda son amie, affolée.

— Presque aussi bien que ça : je vais travailler chez Moonlight Books.

— C'est un musée ?

— Non, pas un musée, une librairie. Il n'y a ni épées ni ordres religieux, et je n'aurais pas besoin de partir à la conquête de la Terre sainte. Mais je vais avoir un salaire et toutes mes matinées libres pour chercher le Saint Graal.

— Bah, si c'est ce que tu veux, je suis contente pour toi. (Elle la gratifia d'un large sourire.) Allez, monte te changer et te sécher ; ensuite on sortira fêter ça. C'est moi qui invite.

Le réfrigérateur de Jasmine était toujours plein à craquer de délicieuses spécialités Fortnum & Mason, la politique de la maison étant de donner à ses employés les invendus du jour, de même que les produits ayant atteint la date limite de consommation ou qui présentaient des erreurs d'étiquetage. Mais même Agnes – qui raffolait desdits produits de la compagnie qui avait inventé les *scotch eggs*[1], fourni en nourriture les expéditions africaines de la reine Victoria et envoyé des paniers garnis aux suffragettes emprisonnées – avait parfois envie d'autre chose. Dans ces moments-là, les deux occupantes de la petite maison de Kensington allaient faire un tour au pub du coin pour prendre une pinte de bière brune et une portion de frites accompagnées d'un délicieux hamburger préparé par R. Cadwallader.

Le Darkness & Shadow, en dépit de son nom ténébreux, était un pub typiquement londonien. Tantôt assailli par les hordes de supporters de football, tantôt refuge pour les retraités amateurs de fléchettes ou les touristes égarés, c'était le QG de plusieurs associations de théâtre et de poésie. Décorés dans des tons verts et grenat, ses murs en pierre apparente étaient, pour quelque mystérieuse raison, entièrement couverts de

1. Œufs durs enrobés dans une panure.

photographies de mineurs de fond voisinant avec des gravures représentant des épées médiévales.

Jadis taverne et relais de poste dont l'histoire se perdait dans la nuit des temps, le pub avait appartenu à la même famille tout au long du XIXe siècle, jusqu'à ce qu'il soit racheté par un magnat de la franchise au début du XXe siècle. Il avait été fermé et condamné à une amende dans les années vingt pour avoir servi des pâtés à la viande en période de carême, avait subi les bombardements de la Seconde Guerre mondiale. C'était un petit morceau de l'histoire de Londres où, dans une ambiance paisible et bon enfant, les riverains pouvaient déguster une excellente bière. Solomon Drake, le gérant, et son fils Michael régnaient sur le bar depuis la fin du siècle dernier. Les Drake, qui réfutaient tout lien de parenté avec le célèbre pirate Sir Francis, savaient qu'ils devaient la fidélité de leur clientèle à leur accueil chaleureux, à leur chaîne de télé sportive et au talent de leur cuistot, R. Cadwaller, un Gallois si mal embouché que personne n'avait jamais osé lui demander à quoi correspondait l'initiale qui précédait son nom de famille.

« Si tu ne sais pas sourire, ne tiens pas boutique », dit un proverbe chinois. Mais bien que peu souriants, sous leur barbe touffue, les Drake n'en étaient pas moins des gens chaleureux, sympathiques et courtois. Ils connaissaient Jasmine depuis des années, et appréciaient son optimisme et son sens de l'humour ; c'est pourquoi il y avait toujours une table basse et deux confortables banquettes qui lui étaient réservées à côté de la cheminée. Et en cette soirée pluvieuse, s'asseoir au coin du feu au Darkness était une bénédiction.

Agnes, en leggings et pull rose en laine, se pelotonna dans son fauteuil élimé avec un soupir de contentement. Les flammes qui crépitaient dans l'âtre surmonté de deux épées croisées répandaient une douce lumière dans la pièce. L'ambiance feutrée, le murmure des conversations, les boiseries et les murs de pierre… tout concourait à réchauffer l'âme des voyageurs après une longue journée.

— À tes nouveaux débuts professionnels ! dit Jasmine en levant sa pinte de bière brune.

— À la prolongation de mon séjour dans la ville d'Howard Carter !

— Tu veux parler de l'archéologue frappé par la malédiction de Toutankhamon ?

— La même malédiction que celle qui va me frapper quand je vais devoir faire ma déclaration d'impôts l'année prochaine.

— Je t'aiderai, promit Jasmine. Nous ferons front ensemble contre les lois absurdes de la bureaucratie britannique.

— Absurdes, comme quoi ?

— Eh bien… Personne n'a le droit de mourir dans l'enceinte du Parlement, par exemple. Jasmine se mit à énumérer lesdites lois en comptant sur ses doigts. Tu n'as pas le droit de prendre un taxi si tu as la peste.

Tu peux tuer un Écossais à l'intérieur d'un château royal, mais uniquement s'il est armé d'un arc et de flèches. Et aussi… ma préférée : si une baleine s'échoue sur les côtes d'Angleterre, sa tête appartient au roi, et sa queue à la reine, mais seulement si celle-ci a besoin de baleines pour son corset.

— Tu veux dire que si je remplis le formulaire du fisc en qualité de dresseuse d'éléphants, je serai renvoyée chez moi si j'oublie de payer des impôts sur les cacahuètes ?

— En ce qui me concerne, j'aimerais mieux que tu restes…

— Et moi donc, dit Agnes qui ne demandait pas mieux.

— Et que tu continues de me verser un loyer, plaisanta son amie.

Agnes commença à travailler officiellement chez Moolight Books un lundi après-midi. Elle avait passé la matinée à passer en revue toutes ses tentatives de recherche d'emploi en qualité d'archéologue, et en était venue à la conclusion que d'ici un mois, deux tout au plus, elle aurait postulé auprès de tous les musées londoniens. Avant de sortir de chez elle, elle s'assura qu'elle avait bien un plan détaillé du quartier du Temple dans son sac à main. Jasmine avait omis exprès d'y faire figurer la crypte des Templiers, des fois que son amie aille se mettre en tête d'aller les déterrer.

Quand le sinistre carillon résonna au-dessus de la porte de la librairie, Agnes avait cinq minutes d'avance. Elle ne s'était perdue que deux fois en cours de route.

— Je ne peux pas vous rembourser, madame Dresden, disait Edward Livingstone à une petite femme au visage rougeaud et aux cheveux violets, qui le suivait comme un toutou dans les allées du rez-de-chaussée.

Agnes alla déposer en vitesse son manteau et son sac dans le bureau du libraire, pour ne pas perdre une miette de la scène.

— Mais vous m'aviez dit que c'était un livre divertissant, protesta la femme en brandissant un exemplaire de *Queen Lucia* de E.F. Benson, alors qu'il ne se passe absolument rien.

— C'est précisément cela qui est divertissant.

— Pas du tout. Si j'avais voulu lire un roman où rien ne se passe, j'aurais choisi Henry James.

— James n'est pas un auteur divertissant. Vous m'avez demandé un livre drôle et je vous ai recommandé Benson. Ne me dites pas que vous n'avez pas ri ?

— Si, un petit peu.

— Ah, vous voyez ! Qu'est-ce qui vous ferait plaisir cette semaine ?

— Une histoire où il se passe plein de choses.

— Quel genre de choses ?

— Des choses…

Cinq minutes plus tard, Mme Dresden ressortait de la boutique avec *Le Songe d'une nuit d'été* et *Le Marchand de Venise*, de William Shakespeare.

— C'était Mme Dresden, expliqua le libraire à Agnes quand la porte se fut refermée derrière la cliente. Agatha Dresden. Attendez-vous à ce qu'elle vous fasse tourner en bourrique chaque lundi après-midi.

— Il vous arrive de la rembourser ?

— Bien sûr que non. Je sais qu'au fond de son petit cœur mesquin et avaricieux, elle savoure chacune de ses lectures, même si elle prétend le contraire. Je le vois à ses yeux, qui se mettent à briller quand elle me parle de ses livres.

— Vous ne faites jamais d'exception ?

M. Livingstone considéra Agnes par-dessus des lunettes sans monture. Il aimait l'esprit perspicace de sa nouvelle auxiliaire.

— Bien sûr que si. Je lui ai remboursé *Anna Karénine*, et après cela, je ne lui ai plus jamais recommandé d'auteurs russes. Ils lui donnent la migraine.

Edward accompagna Agnes jusqu'à la réserve et lui expliqua comment étaient organisés les rayons et ce qu'il y avait à faire.

— Le lundi, Mme Dresden. Le mardi, c'est le jour où nous recevons les nouveautés et les représentants. Ce jour-là, je suis accaparé par les commerciaux et je ne pourrai pas vous piloter, mais je suis certain que vous saurez vous débrouiller. Le premier mercredi de chaque mois, Donohue, le comptable, passe au magasin. Le vendredi, c'est le jour du chaos, même si je n'ai jamais compris pourquoi. Le samedi, c'est le jour des jeunes cadres bobos qui sortent déjeuner à l'extérieur et qui s'imaginent qu'ils seront moins bêtes s'ils lisent tel ou tel livre dont ils ont entendu parler à la télé.

— Et le jeudi ?

— Le jeudi…

M. Livingstone marqua une pause et inspira profondément.

— Vous avez sauté directement du mercredi, le jour de Donohue, au vendredi chaotique. Que se passe-t-il le jeudi ?

— Je ne sais pas. Personne ne le sait. C'est le jour des événements imprévisibles.

Edward posa sur Agnes un regard sévère et leva l'index de sa main droite, comme pour la mettre en garde. Puis il changea d'avis et recommença à parcourir les rayonnages en attirant son attention sur tel ou tel titre qui n'était pas à sa place.

— Oliver vient à la boutique chaque jour à quatre heures et demie, reprit-il. Il va chercher à vous embobiner avec ses élucubrations sur l'astronomie. Faites en sorte de ne pas vous trouver sur la trajectoire de sa mère quand elle passe le prendre ; c'est une juriste. Le thé, pour les intimes de Moonlight Books, est servi à l'heure de la fermeture, comme vous le savez, dans le coin des romantiques. Les nuits sans lune, nous avons la permission de monter contempler les étoiles quand tous les clients sont partis. Le télescope appartient à Oliver, mais nous l'utilisons tous chacun à notre tour pendant qu'il nous rebat les oreilles avec les météorites et je ne sais quoi d'autre.

Agnes, qui avait admiré sans réserve la verrière pyramidale du deuxième étage, soupira d'aise. Elle se voyait déjà affalée sur le parquet de bois ciré, le regard perdu dans le firmament, tandis qu'Oliver Twist lui décrivait les constellations, et que Sioban et Edward roucoulaient doucement comme deux tourtereaux amoureux des livres. Si elle n'y prenait garde, elle finirait par succomber au charme de ce gigantesque coffre à livres caché au fond d'une ruelle perdue du Temple.

— Qui est l'homme fagoté comme l'as de pique qui est assis sous la lampe bleue ? demanda-t-elle à voix basse tout en suivant Edward dans les allées.

— Ah, lui ! C'est notre écrivain à résidence. Il fait partie du mobilier du lundi au jeudi. J'ignore où il écrit le reste de la semaine. Je lui sers généralement une tasse de thé avec des biscuits sur le coup de cinq heures. Il a un faible pour les raisins secs.

— Mais pourquoi est-ce qu'il vient s'installer ici ?

— Parce que la connexion wifi y est meilleure, soi-disant. Moi, je crois plutôt qu'il adore la lampe bleue.

— Je voulais dire, pourquoi est-ce qu'il vient ici, chez Moonlight Books, pour écrire ?

M. Livingstone haussa les épaules. Le fait qu'un écrivain choisisse de s'installer dans sa librairie plutôt que chez Starbucks pour écrire ses romans lui redonnait foi en l'humanité.

— Tous les auteurs ont un grain. Je ne souhaiterais pas à mon pire ennemi de se livrer à une aussi lamentable occupation, conclut le libraire.

— Et qu'écrit-il ?

— Ça, c'est un mystère.

Agnes savoura pleinement son premier jour en tant qu'auxiliaire de librairie. Edward lui expliquait tout ce qu'elle devait savoir avec beaucoup de patience ; c'était un plaisir de l'écouter parler de sa boutique et de ses habitués, en y mettant un luxe de détails qui faisaient chaud au cœur.

5

Les semaines filaient à tire-d'aile, et un jour qu'elle se promenait du côté de Covent Garden, Agnes s'aperçut que le mois de novembre était déjà passé. Un quatuor à cordes jouait un air de Beethoven, et une fille grimpée sur une échelle garnissait de guirlandes la devanture de sa boutique. Un parfum de Noël empreint de nostalgie enveloppait la ville.

— Où êtes-vous allée, ce matin ? lui demanda M. Livingstone en voyant son air abattu lorsqu'elle entra dans la librairie.

Edward avait beau être ronchon, voire un tantinet misanthrope, Agnes piquait sa curiosité au plus haut point. Peut-être était-ce à cause de ses airs de princesse éplorée, de sa manie de marcher pieds nus sur le plancher de Moonlight Books, de sa longue chevelure qui semblait sur le point de s'emmêler autour des volutes de la rampe en fer forgé lorsqu'elle montait au premier…

— À Covent Garden.

— Ah, murmura-t-il. Vous avez senti que Noël approchait.

Agnes allait lui demander comment il en était arrivé à une telle conclusion, quand un petit vieillard bedonnant, aux sourcils extraordinairement blancs et broussailleux, entra. Ses prunelles noyées dans des plis de chair étaient à peine visibles, mais son sourire illuminait son visage plein de bonté. C'était le portrait craché de Mister Magoo.

— Hum, hum… fit-il pour s'éclaircir la voix. Je vais enfin faire la connaissance de la charmante auxiliaire d'Edward.

— Agnes, je vous présente mon vieil ami : Charlie Caldecott. Il tient la boutique de confection pour messieurs de l'autre côté de la rue. Je suppose que tu es venu pour fureter.

— Je suis venu pour prendre le thé et faire la connaissance de ton assistante.

— Enchantée, monsieur Caldecott.

— Et enchanteresse, hum, hum… Contrairement à moi, qui n'ai plus rien d'un charmeur depuis le siècle dernier.

Pendant qu'Edward allait préparer le thé, M. Caldecott s'installa dans un des fauteuils du coin des romantiques.

— Je me réjouis que ce bougon ait finalement accepté d'engager une auxiliaire, dit-il en décochant un clin d'œil à Agnes. Il y a longtemps qu'il aurait dû le faire, même si Moonlight Books n'a pas fait de lui un millionnaire.

— Oh, moi, je trouve qu'il se débrouille très bien tout seul. Parfois, j'ai l'impression qu'il m'a engagée par pure charité.

— Sauf quand il doit monter et descendre ce maudit escalier cinquante fois par jour.

— Chut, l'avertit Agnes en voyant revenir Livingstone avec le plateau du thé. Et d'ailleurs, il est très fier de son escalier.

— Et moi, de mes costumes pour homme, ma chère enfant, même s'ils sont passés de mode depuis 1956.

M. Caldecott avait beau dire, c'était un homme charmant et sa conversation était un régal. Quand le moment fut venu pour lui de regagner sa boutique, un immense sourire étira ses lèvres tandis qu'il tapotait sa bedaine avec satisfaction.

— Ce fut un plaisir de prendre le thé, dit-il en s'éloignant. Il y a encore des voisins qui savent vivre.

— Et voilà, résuma M. Livingstone quand la porte se fut refermée derrière lui. C'était Mister Magoo.

Agnes rit et lui dit qu'elle aussi avait trouvé la ressemblance frappante.

— Où comptez-vous aller demain ? Je vous ai préparé un itinéraire qui devrait vous plaire. Et quelque chose d'autre aussi…

Edward fouilla dans le tiroir, sous la caisse enregistreuse, et lui tendit une enveloppe couleur crème.

— Des références, dit-il. Élogieuses.

La jeune fille prit l'enveloppe et jeta un coup d'œil à l'adresse du destinataire.

— 221, Baker Street. Vous voulez que je postule auprès de Sherlock Holmes ? Vous pensez vraiment qu'il a besoin d'une archéologue ?

—Le Dr Watson m'a assuré qu'ils avaient déterré des ossements douteux.

—Probablement ceux du chien des Baskerville.

—Je suis en train d'essayer de vous dire quelque chose, déclara-t-il en reprenant son sérieux. Il m'a dit que vous aviez l'habitude de traverser Hyde Park le matin.

—Oui, quand je suis fatiguée et que je cherche un banc où me poser en face de la mare aux canards.

—Il n'existe rien de tel à ma connaissance.

—Mais si. À côté du lac, devant le kiosque à musique. C'est là que sont les canards.

—Vous voulez dire ces pitoyables bêtes à plumes ?

—Canards.

—Si vous voulez. (M. Livingstone eut un geste d'impatience.) Sortez de Hyde Park par la porte de Marble Arch, dans le district de Marylebone, et remontez Baker Street. Avant d'arriver à l'arrêt de métro du même nom (l'un des plus vieux de Londres), vous verrez une maison coincée entre la banque et une boutique de téléphones. Arnold Bennett et H.G. Wells y ont vécu et travaillé à différentes époques de leurs vies. Certaines rues de cette ville sont encore chargées d'histoire littéraire.

Agnes songea qu'elle aurait aimé les explorer en compagnie de l'étonnant M. Livingstone. À l'instar de son illustre ancêtre, elle se l'imaginait comme un explorateur infatigable de la jungle urbaine, un découvreur toujours à l'affût de nouvelles trouvailles.

—En poursuivant votre chemin, à côté de la maison-musée de Sherlock Holmes (qui ne se trouve pas exactement au numéro 221, mais un peu plus haut dans Baker Street, presque à la hauteur de Regent's Park), vous trouverez la boutique de Mme Hudson.

— C'est une blague ?

— Non, c'est une boutique de souvenirs. Entrez et demandez à parler à Alice Shawn. C'est la conservatrice de la maison-musée, mais elle est également consultante auprès d'autres musées de la ville.

— Vous en avez par-dessus la tête de moi, c'est ça ?

— Ne soyez pas ingrate, Agnes Martí. Prenez-le plutôt comme un cadeau de Noël. À moins que vous ne vous attendiez à ce que je vous offre une babiole de chez Harrods, en plus de votre salaire ?

Agnes suivit à la lettre les indications de M. Livingstone. Elle alla donner à manger aux canards de Hyde Park, passa devant Marble Arch, fit une halte devant la maison d'Arnold Bennett et H.G. Wells, et admira l'antique station de métro de Baker Street. Elle résista même vaillamment à l'envie de pratiquer le sport national des Londoniens – faire la queue – pour visiter la maison de Holmes et Watson au 221B. Ainsi que le lui avait promis M. Livingstone, elle fut reçue aimablement par Alice Shawn, qui lui accorda un entretien. Cette dernière, sensible au romantisme victorien, eut l'air particulièrement intéressée par les fouilles qu'Agnes avait menées à Oxyrhynque, et bien que ne voyant pas comment elle pouvait l'aider dans l'immédiat, la conservatrice lui promit de garder ses coordonnées au cas où une opportunité professionnelle se présenterait.

Quand Agnes rentra chez elle, elle était déprimée. En plus de l'épuiser, la traversée de Hyde Park jusqu'à Regent's Park lui avait donné le sentiment d'être insignifiante. Tandis qu'elle remontait l'emblématique Baker Street en zigzaguant entre les touristes armés de caméras et les Londoniens sirotant leur café dans des gobelets en carton (elle avait dénombré pas moins d'une demi-douzaine de Starbucks dans les parages), elle avait été frappée par l'abondance des décorations de Noël.

Elle n'allait pas rentrer à Barcelone pour les fêtes, et le vague à l'âme la submergeait à l'idée qu'elle n'allait pas pouvoir prendre place autour de l'effervescente table familiale en compagnie de ses frères et sœurs, cousins et neveux. Elle s'imagina la gare de Saint-Pancras, illuminée par une myriade de lumignons clignotants ; un dîner en compagnie de Jasmine au Darkness & Shadow, les bons vœux des Drake père et fils ; ses vieilles chaussettes suspendues à la vieille cheminée ; une embrassade avec Oliver Twist sous le gui que Sioban aurait accroché à la voûte de pierre du premier étage de Moonlight Books ; Edward Livingstone grommelant face à la marée de clients venus faire leurs achats de dernière minute, et les chanteurs de cantiques postés devant la porte. Elle pria de tout son cœur pour qu'il neige le soir de Noël. Elle avait envie de sentir tomber les premiers flocons sur sa tête dans un silence feutré.

« Pourquoi pleures-tu, mon garçon ? lui demanda-t-il poliment. Peter Pan, à qui les fées avaient appris les bonnes manières, se leva et salua avec grâce. »

Un observateur peu attentif aurait pu penser qu'Oliver Twist n'écoutait pas vraiment la lecture. Mais Agnes avait remarqué que le garçon avait cessé de prendre des notes et de scruter le ciel avec son télescope. On était fin novembre, et la nuit tombait de bonne heure, enveloppant de brouillard la sublime verrière de Moonlight Books. Agnes lisait Peter Pan à voix haute et avec une certaine émotion, car il y a des livres qui se lisent avec le même enthousiasme et la même ferveur que si c'était la première fois.

« La deuxième à droite et ensuite tout droit jusqu'au matin. »

Une moue dépitée envahit les traits d'Oliver quand le carillon tinta et qu'elle dût se lever pour aller servir les clients au rez-de-chaussée. M. Livingstone était allé à une conférence et ne serait pas de retour avant une heure.

— Vous avez des DVD ? demanda un jeune homme emmitouflé dans un beau manteau gris et une écharpe Burberry.

— Nous sommes libraires, sourit Agnes, l'air contrit.

— Mais vous n'avez pas de films ?

Elle le regarda sans comprendre.

— Des adaptations cinématographiques de romans, expliqua l'homme. On m'a recommandé *Ne tirez pas sur l'oiseau moqueur*, mais je n'aime pas lire. Je préférerais voir le film.

— Il me reste un exemplaire du roman de Harper Lee. C'est un livre magnifique. On vous a bien conseillé.

— Oui, bon…

Le jeune homme était toujours devant la porte et attendait. Agnes ne savait que lui dire de plus, à part qu'elle aimait bien son manteau gris.

— Et donc ? Vous avez le film ou pas ?

— Non.

— Et je ne peux pas le commander ?

— Nous vendons des livres, pas des DVD, insista-t-elle en jetant un coup d'œil à travers la vitrine au cas où il s'agirait d'un canular en caméra cachée.

La rue était déserte, à l'exception d'une dame qui venait de sortir de la boutique de confection de Charlie Caldecott, sur le trottoir d'en face.

Un couple de quarantenaires entra dans la librairie, et l'homme au manteau gris sembla retrouver ses esprits. Il sortit en marmonnant quelque chose au sujet de l'Armageddon et du succès d'Amazon. Le couple fureta quelques instants parmi les présentoirs du rez-de-chaussée, puis monta au premier pour chercher des livres classés par genre. Quand Agnes leur demanda si elle pouvait les aider, ils lui répondirent que non, de sorte qu'elle décida de rester à côté de la caisse. La porte s'ouvrit de nouveau, et Mme Dresden entra, l'air complètement perdu, sans doute parce qu'on n'était pas lundi.

— J'ai besoin d'un renseignement de toute urgence, supplia-t-elle, les joues rouges sous ses cheveux violets en bataille. Frodon ne meurt pas, n'est-ce pas ? Il ne faut pas qu'il meure, sans quoi je serais horriblement déçue.

Agnes songea à pas moins d'une demi-douzaine de désastres littéraires infiniment plus graves que la déception de Mme Dresden. Mais elle ne dit rien, se contentant de sourire affablement à la cliente. Celle-ci agita « La communauté de l'anneau » en version poche sous son nez.

— Il est blessé, sur le Mont Venteux, par l'épée d'un cavalier noir. Je crois qu'il s'agit du chef des Nazgûl, le Roi Sorcier d'Angmar.

— Je suis impressionnée, madame Dresden.

— Moi aussi. Les blessures telles que celle-là tuent les victimes par empoisonnement. Vous pensez que Tolkien est assez cruel pour assassiner Frodon ?

— Je ne crois pas qu'on puisse juger de la cruauté d'un auteur à partir de ses romans, médita Agnes. Voyez les auteurs de romans policiers et de thrillers, ce sont des gens charmants. Enfin, pour la plupart.

La femme se rapprocha d'Agnes et lui souffla sur le ton de la confidence :

— Mais Tolkien avait des ogres. Des ogres !

— Pourquoi ne continuez-vous pas à lire ? Ainsi, vous aurez la réponse concernant Frodon. Et lundi, vous pourrez passer prendre l'opus suivant, « Les deux tours ». Je vais dire à M. Livingstone de vous le préparer.

— Mais, c'est qu'il ne me reste que quelques pages à lire, gémit la femme. Et si je n'ai pas la réponse dans ce tome-là ?

Agnes, qui avait lu *Le Seigneur des anneaux* quand elle était adolescente, essaya de se souvenir.

— Je suis quasi certaine que la réponse se trouve dans la première partie, mais je vais aller voir dans la réserve si le deuxième tome est arrivé. Attendez-moi ici.

Quand Agnes revint, la femme était dans un état de transe quasi cataleptique. Le tome deux n'était pas encore arrivé, mais elle lui promit qu'il serait là lundi sans faute. Mme Dresden considéra un instant la jeune libraire avec défiance, puis sembla se faire une raison. Elle inspira profondément, passa une main sur son front moite, et l'envoûtement de la lecture se rompit.

— Je ne sais pas pourquoi je suis venue, murmura-t-elle en agitant la main en guise d'adieu. Nous ne sommes pas lundi.

La porte se referma derrière elle. Agnes avait encore le sourire aux lèvres, après l'incursion intempestive de Mme Dresden, quand le couple qui était monté à l'étage vint se planter devant le comptoir, l'air contrarié.

— Nous sommes à la recherche d'un livre.

Jusque-là, tout va bien, songea l'archéologue.

— Une jaquette verte avec des lettres dorées.

Agnes attendit, pensant qu'ils allaient lui donner davantage de détails, mais ils restèrent cois, la regardant fixement, comme s'ils attendaient qu'elle prenne la parole, ou que, par quelque tour de magie, elle allait sortir le livre de son chapeau. Excepté qu'elle n'avait pas de chapeau. Elle se racla nerveusement la gorge. Après l'homme au manteau gris, puis Mme Dresden et les épées empoisonnées de Morgul, elle méritait de souffler un peu.

— Si vous me dites le titre ou le nom de l'auteur, je pourrai peut-être vous aider.

— Une couverture verte avec des lettres dorées, répéta la femme.

M. Livingstone ne lui avait pas donné d'instructions sur la mise en rayon des ouvrages par couleur, mais il lui avait suggéré de se familiariser avec les formats et les collections des différents éditeurs. Agnes posa les catalogues sur le comptoir et commença à les feuilleter à la recherche d'un ouvrage de couleur verte. Persephone Books et Faber & Faber proposaient quelques livres correspondant à la description du roman recherché.

— Non, ce n'est pas ça, dit l'homme après qu'elle lui eut montré le catalogue.

— Je suis désolée, s'excusa Agnes. Mais avec si peu d'informations… Vous ne sauriez pas me dire de quel genre d'ouvrage il s'agit ?

— De quel genre ?

— Fantasy, humour, sentimental, policier, drame…

Le couple fit non de la tête, mi-déçu, mi-fâché par l'ineptie de cette libraire improvisée.

— Nous repasserons quand Edward sera là, dit l'homme d'un ton sentencieux.

Et ils ressortirent sans même dire au revoir, en marmonnant qu'on n'avait pas idée d'embaucher des libraires étrangères. Agnes rangea les catalogues, dépitée.

— Tu n'y es pour rien, la consola Oliver quand elle remonta au premier.

— Mais si. Je ne connais rien aux livres.

— Mais tu connais Peter Pan et tu sais que Frodon ne meurt pas dans la première partie.

— Chut ! C'est un spoiler.

— Oui, enfin, un tout petit, s'esclaffa Oliver, en se référant à la taille du hobbit.

— Ma place n'est pas ici. Je suis archéologue.

— C'est pour ça que tu es triste ?

— Je ne suis pas triste.

— Si je déclarais que je suis astronaute alors que je n'ai jamais quitté la Terre, je crois bien que ça me déprimerait. Quel genre d'astronaute n'a jamais mis le nez hors de son quartier ? expliqua Oliver patiemment.

— Le genre frustré, murmura Agnes avec humeur.

— Tu parles comme ma psychopédagogue.

— Elle aussi, elle doit se sentir frustrée.

— En fait, il ne faut pas dire « je suis archéologue » ou « je suis astronaute ». Tu es plein de choses : une personne, l'auxiliaire de M. Livingstone, une jolie fille…

— Merci.

— … une bonne lectrice de *Peter Pan*, sympathique, intelligente… et tout et tout. Tu n'as pas de raison d'être triste.

Agnes médita quelques instants les paroles d'Oliver. Sa vie ne se résumait pas à son amour pour sa profession, mais elle semblait l'avoir oublié. Résultat, elle se retrouvait à Londres, en train d'essayer de débusquer un livre vert avec des lettres dorées. Mais si elle partait du principe que l'archéologie ne représentait qu'une petite partie d'elle-même, c'était la catastrophe. Ce n'était pas la fin du monde de ne pas réussir à décrocher le travail de ses rêves, ni même de ne pas réussir à décrocher de travail du tout, excepté qu'on ne vivait pas d'eau fraîche. Il fallait se nourrir, avoir un toit au-dessus de la tête, acheter des médicaments quand on était malade. Peut-être qu'être jolie et lire J.M. Barrie avait quelque chose de réconfortant, mais en attendant, elle rêvait d'entreprendre des fouilles, de découvrir des fragments de *sigillata*, de mettre au jour de sublimes artefacts de l'Antiquité, de concevoir de nouvelles théories sur les civilisations perdues.

— Je n'avais pas conscience d'être triste, dit-elle en reprenant le fil de la conversation. Mais peut-être que si, en fin de compte. Je n'arrive pas à trouver ma place en ce monde. Je me sens comme un astronaute perdu dans l'univers qui rêve de rentrer chez lui.

— Tu as tort de t'en faire.

Oliver était très beau quand il souriait, avec ses joues qui se creusaient de fossettes, ses yeux ronds à force de regarder dans son télescope, ses cheveux blonds coupés en brosse.

— Et pourquoi cela ?

— Parce que tôt ou tard, tu finiras par rencontrer quelqu'un qui t'aimera et qui te ramènera chez toi. Il lui tendit l'exemplaire de *Peter Pan* et, avec un regard attendrissant, demanda : Tu veux bien lire encore un peu ?

Quand M. Livingstone s'en revint de sa réunion, il était de mauvais poil. S'il n'avait tenu qu'à lui, il aurait envoyé promener tout ce petit monde des métiers du livre. Il laissa partir Agnes un peu avant sept heures, et souffrit en silence quand Roberta Twist vint récupérer son unique rejeton.

— Vous avez des horaires pour le moins fantaisistes, se plaignit l'avocate en entraînant *manu militari* son fils vers la sortie.

— Je suis désolé si mes horaires empiètent sur les vôtres, rétorqua M. Livingstone avec sarcasme.

— Moi, je n'ai pas d'horaires. Bonsoir.

— À demain, monsieur Livingstone, lança Oliver avec un grand sourire.

— Les avocats sont des gens à part, soupira Edward quand la porte se fut refermée derrière eux. Indéchiffrables.

Il se servit un fond de whisky sans glaçons, retourna la pancarte côté FERMÉ, et se dirigea vers le fauteuil rouge cerise du coin des romantiques. Mais lorsqu'il passa devant le vénéré présentoir des beaux livres, son sang se glaça littéralement dans ses veines.

La vitrine qui contenait le journal de David Livingstone, *Observations cartographiques, zoologiques, botaniques et géologiques du sud de l'Afrique (1849-1851)*, était vide.

6

— Je ne comprends pas comment tu peux rester aussi calme. Ce document comptait énormément pour toi.

Sioban avait réservé une table non loin de son bureau, dans un petit restaurant de Soho. Elle connaissait l'aversion de M. Livingstone pour cette partie de la ville, mais elle parvenait malgré tout à le persuader régulièrement de la retrouver là-bas en lui promettant, en plus des meilleurs spaghettis *alla Norma* du monde, une promenade dans Charing Cross Road. L'imagination littéraire du libraire était telle qu'en lieu et place du nouveau McDonald's, il continuait de voir l'échoppe aujourd'hui disparue du bouquiniste Marks & Co. Quand Edward lui avait raconté la disparition du précieux journal de la vitrine de Moonlight Books, il l'avait fait sur le ton détaché de quelqu'un qui parle de la pluie et du beau temps.

— Me mettre dans tous mes états ne va pas faire réapparaître le journal, répondit-il en enroulant soigneusement ses spaghettis autour de sa fourchette.

— Il faut que tu signales sa disparition.

— Il ne faut pas attendre quarante-huit heures pour cela ?

— Pour les personnes, oui. Mais là, il s'agit d'un vol.

— On n'en sait rien.

Sioban le regarda bouche bée. Même après toutes ces années, elle n'avait jamais réussi à se faire aux manières excentriques de son amoureux.

— Et qu'est-ce que cela pourrait être d'autre ? demanda-t-elle.

Il haussa les épaules, réticent à valider les théories rocambolesques de l'éditrice.

— Edward, il s'agit d'un objet de valeur. Si tu ne portes pas plainte, je le ferai.

— Il me semble que c'est un peu précipité. J'ai ma petite idée sur ce qui a pu arriver.

— Comme ta théorie à propos des livres de Wilkie Collins qu'on a retrouvés un matin par terre ? Tu avais élaboré toute une théorie selon laquelle c'était à cause de Mark Twain.

— À t'entendre, ça n'aurait ni queue ni tête.

— En effet.

— Certes, Twain est trop bien élevé pour jeter à terre les livres d'un autre auteur. Même s'il s'était introduit dans la librairie sous la forme d'un ectoplasme.

Sioban tapota sa fourchette contre son verre pour mettre un terme aux élucubrations de cet homme impossible. Edward capta le message, même s'il demeurait convaincu qu'il devait y avoir une explication plus simple et moins truculente qu'un cambriolage à la disparition du journal de bord. La foi aveugle de

Sioban pour la valeur des livres avait quelque chose d'attendrissant. Qui, en ce monde, pouvait s'imaginer que voler des livres était un business lucratif ?

— En tout cas, cette fois-ci, j'ai une idée un peu plus vague et moins surnaturelle… se défendit-il.

— Quoi qu'il en soit, je vais appeler le fils d'une amie pour qu'il enregistre ta plainte et ouvre une enquête.

— Tu veux parler de l'auteur de romans policiers ?

— Il est policier.

— Au MI5[1] ?

— Mais non, voyons.

— À Scotland Yard ?

— Qu'est-ce que ça change ?

— J'en étais sûr. Il travaille à Scotland Yard.

— Et alors ? Tu t'appelles Livingstone, que je sache. Pas Holmes.

Quand les deux amoureux se séparèrent, après déjeuner, ils étaient un peu fâchés. L'éditrice ne comprenait pas pourquoi Edward rechignait à porter plainte, et le libraire trouvait aberrant d'impliquer Scotland Yard dans une affaire qu'il était convaincu de pouvoir résoudre par lui-même (et qui n'avait aucun rapport avec le fantôme de Mark Twain).

Il pleuvait des cordes quand Agnes Martí arriva chez Moonlight Books, cet après-midi-là. Comme la première fois qu'il l'avait vue, Edward l'observa à la dérobée pendant qu'elle se débarrassait de son manteau

1. Services secrets britanniques.

et de ses souliers. Elle portait d'épais bas de laine noirs, une jupe à franges noires et blanches, et un pull à col marin noir lui aussi. On aurait dit Audrey Hepburn dans une version de *Diamants sur canapé* revue et corrigée par Tim Burton. Le gros soupir que lâcha Percival Donohue le tira de ses pensées.

— N'y pense même pas, marmonna le libraire entre ses dents tout en gratifiant le comptable d'un coup de coude.

— Quoi ? Je n'ai rien dit !

— Je t'ai entendu soupirer.

— Je n'ai pas soupiré.

— Je te connais, Percy. Je connais ton goût déplorable en matière de cravates et de chaussettes, et ta propension à tomber amoureux des jolies filles perdues sous la pluie.

Le jeune comptable, qui portait en effet une cravate hideuse couleur citrouille et des chaussettes assorties, nia fermement de la tête et disparut dans le bureau d'Edward pour mettre à jour les comptes de la société.

— Agnes, dit M. Livingstone. Surtout, pas d'affolement, mais j'aimerais savoir si, pendant mon absence, hier, il s'est passé quelque chose d'inhabituel à la librairie.

Rien de ce qui se passait chez Moonlight Books ne semblait normal à l'archéologue, mais comme elle ne voulait pas froisser son propriétaire, elle garda pour elle ses réflexions. Elle lui raconta la visite de l'homme à la recherche d'un DVD, puis celle de Mme Dresden et les épées de Morgul, et enfin celle du couple qui cherchait un livre à la couverture verte avec des lettres dorées.

— Je crois bien que le couple vous connaît, parce qu'ils ont dit qu'ils repasseraient un jour où vous serez là.

— Elle, c'était une grande femme blonde, et lui, un type chauve avec une barbe de père Noël ?

Agnes acquiesça.

— Ce doit être les Rosemberg. Et d'ailleurs, j'y pense…

M. Livingstone entreprit aussitôt de monter à l'étage en laissant, comme à son habitude, courir ses doigts sur la rampe de fer forgé. Quand il redescendit, il tendit un livre à Agnes.

— *Jack Rosenblum rêve en anglais* de Natasha Solomons, lut la jeune fille sur la couverture.

— Il faut absolument le lire. Parce qu'il y est question de quelqu'un qui émigre dans une ville inconnue, etc. Et pour la beauté de la langue, aussi.

— Edward, vous me demandiez ce qui s'est passé hier après-midi…

— Voyons. Vous avez eu la visite du type au DVD, de Mme Dresden et des Rosemberg, et je suppose qu'Oliver était au premier.

Il attendit la confirmation d'Agnes, puis dirigeant son regard vers le coin des beaux livres, demanda :

— Il ne manque rien ?

La jeune fille suivit son regard, puis voyant la vitrine vide, s'écria :

— Oh, non !

— Je crains que nous n'ayons une fois de plus perdu le Dr Livingstone.

Un millier de questions se bousculaient dans la tête d'Agnes sans qu'elle parvienne à en formuler une seule à voix haute. Elle savait combien le libraire vénérait le manuscrit victorien. Ses yeux se remplirent de larmes quand elle tenta de dire quelque chose.

— Je vous en prie, ne pleurez pas. Songez plutôt au désastre des excavations de Troie, et à tous les trésors qui ont été perdus.

— Je ne vais pas pleurer, se reprit Agnes. Mais… mais… je n'ai pas… je suis…

— Je sais, la coupa-t-il sèchement. Je sais que ce n'est pas vous et que vous n'avez pas la moindre idée d'où le journal peut se trouver. Cependant, j'ai de bonnes raisons de…

M. Livingstone fut interrompu par une bouffée d'air glacé venue du dehors, suivie par le tintement du carillon. Sioban franchit le seuil de la librairie, telle une sublime reine de l'époque élisabéthaine, ébouriffée après s'être débattue avec son parapluie. Le crépitement assourdissant de la pluie et le rugissement de la bourrasque qui soufflait dans les ruelles du Temple accompagnèrent son entrée.

— « Parle encore, ange resplendissant, qui parais comme un astre radieux dans la nuit, tel un messager céleste devant le regard émerveillé des mortels[1] ! » dit Edward en guise de salut.

---

1. William Shakespeare, *Roméo et Juliette*, acte II scène 2.

Le front de l'éditrice se dérida et son sourire s'élargit. Elle accrocha son manteau à la patère et fila aussitôt vers l'arrière-boutique.

— Offre-moi une tasse de thé, Edward Livingstone, lança-t-elle à son Roméo. Sinon, « renie ton père et abdique ton nom ; ou, si tu ne le veux pas, jure de m'aimer, et je ne serai plus une Capulet [1]. » Mais au nom du ciel, ajouta-t-elle, prépare-moi une tasse de thé !

Sioban était de mauvaise humeur quand elle ressortit de la réserve, un quart d'heure plus tard. Elle monta passer quelques coups de fil à l'étage, puis essaya sans succès pendant presque vingt minutes de nouer la conversation avec l'écrivain à résidence. Agnes, qui connaissait bien le caractère introverti et le manque d'entregent de ce genre d'énergumènes, se dit qu'à sa place elle aurait renoncé depuis longtemps. Mais l'éditrice semblait fermement décidée à tirer l'habitué de la lampe bleue de son mutisme.

Agnes savait combien le journal de son ancêtre comptait pour M. Livingstone, même s'il n'avait sans doute pas conscience de la valeur historique d'un tel document. En 1849, quand le Dr Livingstone s'était embarqué pour l'Afrique, on ignorait encore presque tout de ce mystérieux continent. Avec une extraordinaire précision, et uniquement à partir d'observations astronomiques, l'explorateur avait cartographié le désert du Kalahari, le lac Ngami et le fleuve Zambèze.

1. *Ibid.*

Il avait également entrepris de minutieuses observations relatives à la flore et à la géologie locales, étant en cela un pionnier de la découverte de nouvelles espèces. Entre les années 1850 et 1870, il avait exploré inlassablement le cours du Zambèze et ses confluents, malgré une navigation rendue difficile par les rapides et les cascades. En hommage à la reine, il donna aux chutes situées à la frontière de la Zambie et du Zimbabwe le nom de Victoria. En 1865, la Royal Geographic Society le nomma à la tête d'une expédition chargée de trouver les sources du Nil. Mais en 1870, alors qu'il approchait du lac Tanganyika, David Livingstone disparut, jusqu'à ce qu'Henry Stanley retrouve sa trace dans la ville de Ujiji deux ans plus tard. Le journal dont Edward avait hérité recouvrait la période 1849-1851, soit les années de la première expédition, peut-être la plus intéressante du point de vue cartographique, zoologique, botanique et géologique.

Agnes se rongeait les sangs, non seulement à cause de la disparition d'une relique de l'époque victorienne à la valeur inestimable, mais parce qu'elle craignait que le libraire ne la soupçonne de l'avoir dérobée. Non pas qu'elle lui ait donné la moindre raison de la soupçonner, mais le fait était qu'elle venait seulement de commencer à travailler à la librairie, et qu'avant cela, quand Edward était le seul en charge de Moonlight Books, il n'était jamais rien arrivé au précieux journal. S'il s'était agi d'un roman d'Agatha Christie, elle aurait été la principale suspecte : elle connaissait la valeur du document, aurait pu le dérober en l'absence de son propriétaire, et avait plus d'un mobile (économique, culturel, passionnel…).

Quand Oliver rentra de l'école, parfaitement sec de la tête aux pieds en dépit des trombes d'eau qui tombaient du ciel, il trouva Sioban en train d'écrire sur son ordinateur dans le coin des philosophes.

— Donne-moi un quart d'heure et je monte avec toi à l'étage, lui promit-elle sans cesser de pianoter sur son clavier.

À l'étage, il entra en collision avec Agnes, qui paraissait déboussolée tandis qu'elle cherchait où ranger *Avril enchanté* d'Elizabeth von Arnim.

— Je n'arrive pas à savoir si je dois le ranger sous V ou sous A, confia-t-elle au garçon. Ou à côté de la caisse, avec les promotions, pour que quelqu'un l'achète et me délivre de ce casse-tête.

— Tu es fâchée ? Viens goûter avec moi, j'ai du pain et du chocolat.

Le pain et le chocolat étaient un remède magique, qui avait le pouvoir de ramener les archéologues exilés dans la cuisine familiale, à l'époque bénie de l'enfance.

— Je ne suis pas fâchée. Simplement, je n'arrive plus à me souvenir si Hercule Poirot était français ou belge, et ça me met dans tous mes états.

Oliver Twist, qui n'avait pas la moindre idée de qui était cet Hercule Poirot, lui dit qu'il l'attendait dans la section Histoire et qu'il lui garderait la moitié de son goûter si elle ne traînait pas trop. La jeune fille acquiesça, puis redescendit au rez-de-chaussée où Sioban et l'écrivain résident pianotaient sur leurs claviers respectifs, formant une étrange partition.

Agnes était en train de reconstituer l'intrigue de *Mort sur le Nil* dans sa tête quand la porte de Moonlight Books s'ouvrit brutalement, arrachant la butée en caoutchouc, avant d'aller cogner avec fracas contre une étagère. Le carillon se détacha du vantail et tomba sur le plancher, où une botte militaire l'écrasa sans pitié.

M. Livingstone et Percival Donohue, qui sortaient du bureau, se retournèrent en sursautant. Plus tard, en repensant à la scène, Sioban crut se souvenir que le comptable avait fait un pas en arrière pour se réfugier derrière le libraire. Oliver passa sa petite tête par-dessus la rampe de l'escalier et cessa de mastiquer son pain au chocolat. Même l'écrivain résident leva le nez et fronça les sourcils, contrarié par cette interruption.

Sur fond d'orage et de coups de tonnerre, un homme armé, entièrement vêtu de bleu marine et arborant un gilet pare-balles, se tenait debout sur le seuil et les observait.

— John ! C'est gentil d'être venu malgré la pluie ! lança Sioban, nullement intimidée, en s'approchant pour embrasser chaleureusement le nouveau venu sur les deux joues.

Le visiteur referma la porte derrière lui, ramassa les restes du carillon qui gisaient à terre, et les tendit à un M. Livingstone encore sous le choc.

— Je suis désolé d'avoir écrasé ce… euh… ce machin-là, s'excusa-t-il.

— Edward, je te présente John Lockwood. Il va te donner un coup de main pour le vol du journal.

Livingstone, désarmé devant l'insistance de sa Juliette, échangea une poignée de main avec le policier.

— Scotland Yard, dit-il sur un ton plus affirmatif qu'interrogatif.

— Oui, monsieur.

— Je louerais volontiers votre discrétion si je n'avais pas eu le souffle coupé.

Sioban lui décocha un regard sévère, auquel le libraire répondit par un battement de cils résigné.

— Et voici mon comptable, Percival Donohue. Le lutin blond avec les joues barbouillées de chocolat, c'est Oliver Twist. Enfin, la jeune fée aux pieds nus dans l'escalier est Agnes Martí.

John Lockwood les salua tous d'un hochement de tête, et le libraire crut déceler de la stupeur dans ses yeux, quand son regard croisa celui de sa nouvelle assistante.

— Bien, finit-il par dire.

Et Agnes songea qu'il n'avait absolument rien en commun avec Hercule Poirot.

7

Ce n'était pas l'intention de John Lockwood de faire irruption chez Moonlight Books comme un éléphant dans un magasin de porcelaine ou de terroriser quiconque. L'idée lui était venue de se faire déposer à la librairie par l'unité blindée qui le ramenait de l'aéroport, et ayant laissé son fusil d'assaut et son attirail dans le fourgon, il ne pensait pas susciter un tel effroi chez les gens qui se trouvaient là. Il sortait rarement armé, et encore moins en uniforme et gilet pare-balles, mais il venait de participer à une simulation d'attaque terroriste à Heathrow, ce qui supposait de porter l'équipement complet.

Le monde était devenu fou. Le 21 juin 2005, il était en mission de contre-espionnage en Afghanistan, quand le métro de Londres avait été attaqué. Il était en train de dîner au mess du SAS[1], quand un officier avait fait éteindre tous les écrans et leur avait lu un communiqué. Un silence, d'abord incrédule puis horrifié, s'était

1 Special Air Service, principale unité d'opération spéciale du Royaume-Uni.

abattu sur la salle à manger. Ce soir-là, tous prirent conscience que jamais plus rien ne serait comme avant.

L'année suivante, John avait quitté l'armée et passé le concours des forces de police métropolitaines de Londres. Et c'est là qu'il exerçait à présent, en qualité d'inspecteur-chef, faisant la fierté de sa grand-mère, et au grand dam de ses parents qui auraient préféré que leur fils unique choisisse n'importe quelle autre voie – à l'exception de celle de missionnaire. M. Lockwood, qui était médecin, aurait aimé que John marche dans ses traces.

La mère de John, à présent professeure à la retraite de littérature anglaise, avait fait la connaissance de Sioban au Balliol College de l'université d'Oxford, où cette dernière avait passé sa licence. Leur amitié avait transcendé les salles de classe et les années, et elles continuaient de se voir régulièrement. John avait déjà rencontré l'éditrice lors d'un dîner chez ses parents, mais c'était la première fois qu'il voyait M. Livingstone. C'était l'incarnation type du libraire anglais du XXe siècle : excentrique, ronchon, mais honnête, fervent admirateur de Shakespeare et très critique vis-à-vis de tout ce qui avait été après 1950.

La librairie, avec ses montagnes de livres, son parquet de bois ciré et ses murs de brique presque entièrement recouverts de rayonnages, lui plaisait. Hormis le comptable timoré et le personnage taciturne qui pianotait sans relâche sous une lampe bleue, John songea que si toutes les librairies de la ville avaient eu un Oliver Twist à l'étage et une ravissante libraire aux pieds nus au rez-de-chaussée, les ventes de livres auraient décollé.

Après avoir prestement congédié son comptable, M. Livingstone accompagna John jusqu'à la vitrine censée contenir le journal de son ancêtre. Le policier ne manqua pas de remarquer la réticence de l'homme, ainsi que son silence persistant lorsque Sioban entreprit de relater les circonstances du vol.

— Si j'ai bien compris, résuma John lorsqu'ils allèrent s'asseoir dans l'arrière-boutique, vous vous êtes aperçu de la disparition du journal le jeudi soir, peu avant la fermeture.

M. Livingstone acquiesça.

— La vitrine vous est apparue telle qu'elle est aujourd'hui, et vous ne l'avez pas nettoyée depuis. Cet après-midi-là, vous n'étiez pas présent, mais votre assistante était à la librairie. Quatre clients sont entrés à différents moments dans la boutique. D'abord le type des DVD, puis le couple Rosemberg, et enfin Mme Dresden. Quelqu'un d'autre ? Démarcheur commercial ? Dépanneur ? Service de nettoyage ? Livraison de repas à domicile ?

— Vous ne pensez tout de même pas que nous manipulons les livres avec des doigts tout gras…

— Rien d'autre, John, dit Sioban, interrompant sèchement M. Livingstone. C'était un après-midi plutôt calme.

— Vous allez porter plainte pour vol ?

— Si tant est qu'il s'agisse d'un vol, fit remarquer Edward.

— Si tu pouvais nous donner un coup de main sans passer par les voies officielles, ça nous arrangerait bien, dit Sioban au jeune inspecteur.

John avait le sentiment que la majorité des cambriolages de Londres n'étaient pas signalés aux forces de l'ordre. Les gens faisaient en sorte de résoudre eux-mêmes leurs problèmes, et même si les mentalités étaient en train de changer, ils continuaient d'éprouver une certaine méfiance vis-à-vis des policiers (y compris ceux qui laissaient leur fusil d'assaut dans le fourgon).

— Je vais interroger chacune de ces personnes la semaine prochaine, mais si le journal n'a pas refait surface quand j'aurai terminé mon enquête, promettez-moi de déposer une plainte.

— À Scotland Yard ? s'enquit M. Livingstone, inquiet.

— Dans n'importe quel commissariat.

Le téléphone du policier émit un bourdonnement.

— Je dois vous quitter, dit-il en jetant un coup d'œil à l'écran.

M. Livingstone lui tendit sa carte de visite en lui promettant de répondre au téléphone pour l'aider à localiser les suspects. Le type des DVD était inconnu au bataillon, et la librairie n'était pas équipée de caméras de surveillance. John lui dit de ne pas s'en faire, même si Edward n'avait pas l'air de s'en faire le moins du monde.

Il fit la bise à Sioban, puis sortit du bureau. La lumière bleue d'un gyrophare clignotait à l'extérieur de la vitrine. Le fourgon l'attendait devant la porte, sa sirène éteinte.

Il aurait pu s'en aller aussitôt, sans même un regard en arrière, couvrir en cinq enjambées la distance qui le séparait de la rue, du fracas et de la fureur. Mais une étrange langueur lui étreignit soudain le cœur, et il se retourna pour chercher des yeux la fille aux pieds nus.

— Je dois partir, lui dit-il quand son regard croisa le sien, mais je reviendrai la semaine prochaine pour vous interroger.

Elle acquiesça d'un hochement de tête, et John se figea, captivé par la blancheur de sa peau, ses yeux de biche d'un brun liquide, ses lèvres rouges et pulpeuses, ses pieds légers qui se mouvaient comme sur des pointes sur le plancher de bois ciré. On aurait dit qu'elle allait prendre son envol, telle une fée surprise par l'appareil photo de Lewis Carroll.

— À bientôt, dit John, avant de s'éloigner avec un poids sur l'estomac dont il aurait juré qu'il n'était pas là quand il était entré dans la librairie.

C'était soirée fléchettes au Darkness & Shadow, et une bande de retraités coiffés de casquettes buvaient une bière en ajustant le tir. Pelotonnées au coin du feu, Agnes et Jasmine les regardaient d'un œil distrait.

— C'est quoi cette tête de six pieds de long ? C'est l'escalope panée qui ne passe pas ?

Avec son calme proverbial, Jasmine savait comme personne remonter le moral de son amie, mais ce soir, elle semblait incapable de dissiper les gros nuages qui obscurcissaient ses pensées.

— C'est à cause du journal du Dr Livingstone.

Sitôt rentrée à la maison, Agnes lui avait raconté le malheureux incident.

— Quiconque te connaît un tant soit peu sait que tu n'es pas capable ne serait-ce que de voler une serviette en papier chez McDo. Cesse de te ronger les sangs.

— Mais c'est justement là, le problème. M. Livingstone me connaît à peine. Et le peu qu'il sait de moi, c'est que je suis obnubilée par l'archéologie, gémit-elle en chipotant sa salade.

— C'est vrai que tu es obnubilée.

— Je suis archéologue.

— C'est ça, remets-en une couche. (Jasmine prit une gorgée de bière et plongea ses yeux dans les siens.) D'après toi, je suis quoi, moi ? Une serveuse ? Une dévoreuse d'escalopes panées ? Une amie ? Une logeuse ? Une petite-fille ? Une renoie avec des problèmes de surpoids ? On est plein de choses, Agnes. La complexité d'un être humain est quasi infinie. Si tu passes ton temps à te répéter que tu n'es rien d'autre qu'une archéologue, ta vie te semblera morne et insipide.

Agnes se remémora les paroles d'Oliver Twist. « Tu es une bonne lectrice de *Peter Pan* », lui avait dit le petit génie. En l'espace de quelques heures, deux personnes dotées d'un solide bon sens lui avaient fait remarquer que la vie ne se résumait pas à une réussite professionnelle.

— C'est dans les petites choses du quotidien que tu devrais chercher le bonheur, poursuivit Jasmine.

— Tu veux dire les escalopes panées ?

— Exactement.

— Je comprends ce que tu essaies de me dire, mais je ne peux m'empêcher de me demander ce que M. Livingstone pense de moi.

— Que tu es une libraire responsable et enthousiaste ?

— Que j'ai volé le journal de son ancêtre pour le refourguer à la British Library en échange d'un emploi.

— On n'est plus au XIXe siècle, et tu n'es pas une pilleuse de tombes. Même si je ne te cache pas que j'ai eu des doutes quand tu as commencé à rôder du côté de l'église du Temple.

Ignorant les blagues de son amie, Agnes porta de nouveau son attention sur son assiette, sans grand succès ; elle n'arrivait à penser à rien d'autre qu'à la disparition du journal.

— En admettant que M. Livingstone ne me soupçonne pas, reprit-elle après une courte pause, il en va autrement de John Lockwood. M'est avis que j'occupe la première place sur sa liste des suspects. Si tu avais vu comment il m'a regardée avant de partir… Il m'a dit qu'il reviendrait me parler la semaine prochaine, mais en mode « regarde comme j'ai de grandes dents, petit Chaperon rouge ».

— Le beau gosse de Scotland Yard qui est entré l'arme au poing dans la librairie ?

— Non, pas l'arme au poing.

— Mais il est beau.

— Je n'ai jamais dit ça.

— Mais tu le penses. Tu ne m'as reprise qu'au sujet de l'arme au poing.

— Ce serait le comble si un flic hideux me coffrait pour avoir volé le journal.

Jasmine laissa échapper un rire sonore et pointa sa fourchette vers son amie.

— Tu es en train d'apprendre, petit Chaperon rouge, dit-elle.

Ignorant sa remarque, Agnes lui raconta sa conversation avec Lockwood.

— Je ne vois pas en quoi cela te donne l'impression qu'il te soupçonne. Il doit penser que tu es une fille merveilleuse, avec tes allures d'archéologue victorienne et ton regard mélancolique. Au fait, en parlant de choses merveilleuses…

Jasmine fit signe à Michael Drake, le fils du patron, qui s'approcha de la table.

— Tout se passe comme vous voulez, les filles ? demanda-t-il en s'essuyant les mains dans son tablier rouge grenat.

— Cette escalope…

— S'il te plaît, Jasmine, ne m'oblige pas à la renvoyer en cuisine. Cadwallader va piquer sa crise. Je te l'offre, mais laisse-moi m'en débarrasser discrètement.

Jasmine lui donna une tape sur la main quand il essaya de lui retirer son assiette.

— Il y a des années que je n'ai pas mangé une escalope aussi bonne. Mais pas un mot à ma grand-mère, hein ?

Le soulagement de Michael était tel qu'il esquissa un semblant de sourire – et Dieu sait si, chez les Drake, on n'avait pas le sourire facile.

— Pourquoi avez-vous si peur de votre cuistot ? demanda Agnes, intriguée.

— Il est gallois et il s'appelle Cadwallader. *Cad* veut dire « bataille », et *gwaladr* veut dire « chef ». Autrement dit, « chef de bataille ». Et au cas où vous ne l'auriez pas remarqué, j'ai pas mal d'épées accrochées au mur.

— J'adore ces épées, affirma l'archéologue.

— Mais toutes ne sont pas des accessoires de scène.

Jasmine haussa un sourcil approbateur.

— Je ne parle pas un traître mot de gallois, précisa leur hôte. Tout cela, c'est l'homme qui l'employait avant qu'il vienne travailler chez nous qui me l'a expliqué, ainsi que toute sorte d'anecdotes sur son caractère épouvantable. Mieux vaut ne pas l'interroger sur son nom si vous ne voulez pas connaître une mort lente et douloureuse.

— À force d'écouter les élucubrations de vos clients quand ils ont une bière ou deux dans le nez, vous finissez par vous prendre au jeu, vous autres, les barmen, et vous en faites des tonnes, le semonça Jasmine. Dis-lui de sortir de son antre, pour que je puisse le féliciter personnellement. J'ai toujours adoré ses hamburgers, mais là…

— Tu es sûre ?

Comme elle insistait, le jeune Drake se dirigea vers la cuisine pour y porter le message.

— Pourquoi est-ce que tu tentes le diable ? demanda Agnes à son amie.

— Parce que la fortune sourit aux audacieux.

— Quand tu parles comme ça, tu me fais penser à M. Livingstone.

— Parce que lui et moi sommes des puits de science ?

— Parce qu'il passe son temps à citer Shakespeare et Dickens.

— Bonsoir, les interrompit un homme aux cheveux roux et à l'aspect plutôt civilisé pour un redoutable chef de guerre.

Jasmine le regarda bouche bée, jusqu'à ce qu'Agnes lui balance un coup de pied dans les tibias sous la table.

— Aïe…

— Mon amie tenait à vous féliciter pour le dîner.

— Cette escalope est la meilleure que j'aie jamais mangée, réagit Jasmine sous le regard impassible du cuistot. Je tenais à vous remercier et à vous féliciter.

R. Cadwallader acquiesça d'un signe de tête, puis s'en retourna à ses fourneaux, laissant les deux femmes sans voix.

— Je voulais juste être aimable.

— Il y a une légende du IIIe siècle avant notre ère, qui dit que c'est un affront de féliciter un chef gallois sur ses escalopes, expliqua Agnes avec le plus grand sérieux.

— Et c'est seulement maintenant que tu me le dis ? riposta son amie.

— Il va te provoquer en duel, à la mode galloise.

— Toi, tu te paies ma tête.

— Évidemment.

Jasmine lui jeta sa serviette à la tête, mais elle n'eut pas le temps de répondre à la blague de son amie. R. Cadwaller était de retour avec un petit plateau qu'il déposa devant les deux filles.

— Des macarons à la pistache, recette du chef. Il attendit qu'elles aient fini de le remercier, puis se racla la gorge et dit : Personne ne m'avait encore félicité sur ma cuisine. Merci à vous.

Et lorsqu'il sourit, personne n'aurait imaginé que le sang d'un terrible guerrier gallois coulait dans ses veines.

8

— Comment avez-vous trouvé *Stoner*, madame Dresden ?

— Aussi passionnant que de regarder sécher un mur fraîchement peint.

M. Livingstone tendit la main pour qu'elle lui remette le livre de John Williams, chercha une page précise et lut :

— « C'était une maison solitaire, inévitablement liée à un dur labeur, dont il était le fils unique. » Il referma le roman et considéra Mme Dresden par-dessus ses lunettes sans monture. C'est cela *Stoner*. Un univers entier contenu dans une seule phrase. John Williams pourrait résumer toutes les œuvres de Dostoïevski en un seul paragraphe, et vous lui en seriez éternellement reconnaissante.

— Oh, fit la vieille dame, impressionnée.

— Qu'est-ce qui vous ferait plaisir cette semaine ?

Elle répondit sans hésiter :

— Un thriller.

— Dites-moi si je me trompe, mais je crois me souvenir que Stephen King vous avait bien plu ?

— J'aime beaucoup Stephen King, mais je voudrais essayer un autre auteur.

— Quelque chose qui fait peur ?

Mme Dresden haussa les épaules, et Edward remarqua qu'elle était venue directement de chez elle en pantoufles.

— Je vois. Vous êtes revenue de tout ou presque.

— Quand j'étais jeune, ce qui me faisait peur, c'était la déclaration d'impôts, les histoires de veilleurs de nuit de ma grand-mère et ma nuit de noces.

Cette dernière remarque donna une idée à M. Livingstone, qui s'empressa de disparaître dans les rayons. Il revint du coin des romantiques avec un livre à la belle couverture en toile vert olive. *Frankenstein* de Mary Shelley.

— Voici le livre le plus terrifiant qui ait jamais été écrit.

— Je croyais que ça parlait d'un monstre.

— « Je serai avec toi pendant ta nuit de noces », récita de mémoire M. Livingstone. Que peut-il y avoir de plus effrayant que cela ?

Remarquant que la corpulente Mme Dresden était parcourue d'un frisson, le libraire se demanda si c'était à cause du roman lui-même ou parce qu'il allait lui coûter vingt et une livres.

C'était une journée calme à la librairie. Quand Mme Dresden s'en alla, avec son exemplaire de *Frankenstein* soigneusement emballé dans un sac en papier et ses boucles violettes sautillant gaiement autour de sa tête, Edward céda à la tentation des beaux livres.

Il choisit *L'Herbier des fées,* de Benjamin Lacombe et Sébastien Perez, puis, ayant bourré et allumé sa pipe, il alla s'installer confortablement dans le coin des romantiques. Quelques minutes plus tard, comme il tournait une page, il se rendit compte qu'Agnes était assise en tailleur, à la mode indienne, sur le fauteuil qui faisait face au sien. M. Livingstone s'accorda quelques instants de répit, loin de la laideur du monde, et contempla la délicate posture de son dos, la mèche de cheveux châtains retombant nonchalamment sur son épaule, la grâce de ses mains immobiles, le livre posé sur ses genoux…

— Qu'est-ce que vous lisez ? lui demanda-t-il, s'obligeant à rompre le sortilège.

Agnes lui montra la jaquette de *Sans parler du chien* de Connie Willis.

— Vous avez lu *Trois hommes dans un bateau* de Jerome K. Jerome ?

— Absolument, j'ai suivi vos conseils.

— C'est bien. (M. Livingstone consulta sa montre de gousset et décida que la journée était terminée.) Je ne pense pas que nous allons vendre d'autres livres aujourd'hui. Les Londoniens trouvent qu'il est beaucoup plus amusant de faire ses courses juste avant l'heure de la fermeture le 24 décembre. Pourquoi n'en profitez-vous pas pour aller voir l'expo qui vous faisait tellement envie hier, sur Turner et ses maudites ruines grecques, à la Tate Gallery ?

— Ça ne vous ennuie pas que je parte de bonne heure ? demanda l'intéressée.

M. Livingstone regarda sa pipe, puis son précieux livre, et dit :

— Ai-je l'air stressé ?

— Pourquoi est-ce que vous ne m'accompagnez pas ?

— Nous autres, Anglais, n'allons pas voir les expositions de Turner. Nous préférons nous livrer à des activités plus nobles, comme la chasse à courre ou le cricket, plaisanta le libraire. Mais si vous y tenez absolument, vous devez lire ceci…

Edward se tourna sur sa gauche et trouva aussitôt le livre qu'il cherchait : *L'année où l'été n'arriva jamais* de William Ospina.

— M. Ospina soutient que la couleur des ciels de Turner n'est peut-être pas le produit de cette maladie incurable qu'est le romantisme, mais qu'elle est due aux cendres du volcan qui… Je ne peux pas vous en dire plus, décida-t-il soudain. (Il lui tendit le livre, qu'elle accepta volontiers.) Allez-y.

Agnes obéit sans protester à l'ordre de son chef, et se dépêcha d'enfiler son manteau avant de s'aventurer dans l'air froid de décembre – mais surtout avant qu'un client ne franchisse la porte et ne lui fasse regretter d'avoir abandonné M. Livingstone à son sort de misanthrope.

Quand Sioban passa pour le saluer, une demi-heure avant la fermeture, elle trouva Edward d'humeur pensive, debout derrière le comptoir, sa pipe éteinte à la main.

— La journée a été si mauvaise ? lui demanda-t-elle après avoir effleuré ses lèvres d'un baiser et s'être débarrassée de son écharpe.

— Euh… Non, non, j'étais en train de réfléchir. Je viens de recevoir un coup de fil de John Lockwood.

— Tu as été aimable, au moins ?

— Je n'ai pas assez de mots pour te dire à quel point.

Sioban alla préparer du thé dans le bureau, et ils le prirent debout, devant le comptoir où le taciturne libraire était toujours accoudé.

— Qu'est-ce qu'il voulait ?

— Savoir où serait Agnes demain matin. (M. Livingstone prit une gorgée de thé et décocha un clin d'œil à sa compagne.) Nous n'abordons pas le problème comme il le faudrait, médita-t-il au bout d'un moment.

— Si tu te réfères à John, tu te trompes.

— Ne m'en veux pas si je n'ai pas été frappé par la finesse de son intellect quand il est entré ici armé jusqu'aux dents et qu'il a fracassé la porte.

— Il n'a cassé que le carillon, que tu n'aimais pas d'ailleurs. Tu disais qu'il te donnait l'impression d'être dans le cimetière de Whitechapel à l'époque victorienne.

— Plutôt le cimetière de Highgate en 1815, rectifia Edward.

Ignorant son ergotage, Sioban reprit :

— Pour ta gouverne, sache que John est sorti parmi les premiers de sa promotion.

— Ah oui ? C'est lui qui te l'a dit ? Je croyais que ces choses-là étaient tenues secrètes par le MI5.

— Scotland Yard.

— Les bons à rien qui n'ont pas été fichus d'attraper Jack l'Éventreur.

— Et c'est sa mère qui me l'a dit, si tu veux tout savoir.

M. Livingstone haussa un sourcil, et une lueur d'ironie scintilla dans ses petits yeux.

— Tu n'es qu'un snob ! s'emporta Sioban, à bout de patience.

— Je ne suis qu'un pauvre libraire.

— Il n'y a que les gens qui ont passé cinq ans à Oxford qui trouvent grâce à tes yeux.

— Dit l'ancienne élève de Balliol.

Sioban soupira, indignée, et Edward comprit qu'il était allé trop loin. Il lui prit la main et la baisa. Pour faire acte de repentance, il remplit de nouveau la tasse de la damoiselle de thé odorant et lui offrit un sandwich. Il attendit qu'elle ait pris une première bouchée avant de revenir à la charge.

— Je voulais dire par là qu'il y a une manière beaucoup plus simple de résoudre cette histoire.

L'éditrice le regarda sans rien dire et M. Livingstone cria :

— Oliver Twist ! Descends immédiatement en empruntant le droit chemin de la loyauté !

— Je ne vois pas comment Dickens va pouvoir t'aider.

— Ce n'est pas Dickens, mais Oliver Twist : « Les chemins de la loyauté sont toujours droits. » Et dans cette librairie, nous avons un cerveau au quotient intellectuel qui dépasse les 150 et que nous devrions mettre à profit.

Oliver vint se poster devant les deux adultes, et demanda s'il pouvait prendre un sandwich. Sur cela, Sioban l'aida à s'asseoir sur le comptoir.

— Hé, toi, le petit génie blond ! l'apostropha M. Livingstone. Sais-tu où se trouve le journal perdu ?

Oliver haussa les épaules en mastiquant de bon appétit, mais Edward ne s'avoua pas vaincu.

— Le jour où il a disparu, il pleuvait, affirma le garçon.

— Comme presque tous les jours à Londres, se lamenta Sioban.

Mais la mécanique mentale d'Oliver s'était mise en marche, et il ne put résister à l'envie d'entrer dans le jeu que lui proposait M. Livingstone.

— Ce n'est pas une bonne idée de sortir un vieux manuscrit dans la rue quand il pleut. Personne ne voudrait abîmer une telle relique, fit-il remarquer.

— Celui qui s'est emparé du journal, dit Edward en poursuivant le raisonnement du garçon, si tant est qu'il soit sorti d'ici, en connaissait la valeur et ne voulait pas l'esquinter. Raison pour laquelle la vitrine est intacte. Il a préféré forcer la serrure plutôt que de casser le verre, pour ne pas risquer d'endommager son contenu. Pour la même raison, s'il pleuvait à verse, il a peut-être caché le livre ici même. Ce n'est pas bien difficile parmi tous ces ouvrages. Il a dû agir rapidement pour ne pas se faire prendre ; protéger un document aussi ancien de l'humidité demande un certain temps.

— Mais, pourquoi se donner tout ce mal s'il ne voulait pas emporter le journal ? s'interrogea Sioban.

— Parce qu'il n'avait pas l'intention de le dérober, dit Edward d'une voix mystérieuse. Je suis d'accord avec notre petit génie astronaute.

— Oliver ! Prends tes affaires !

La mère du petit fit irruption par surprise dans le coin des romantiques. Le carillon avait peut-être un son lugubre, mais du moins avertissait-il le propriétaire de Moonlight Books des incursions de la redoutable avocate.

Tandis que Twist sautait à terre pour suivre sa mère, celle-ci dit au libraire :

— Vous comptez fermer pendant les fêtes ?

— Je m'en voudrais de bousculer de quelque façon que ce soit votre planning.

— Oliver a trois semaines de vacances, se lamenta la femme. Il tient à venir ici tous les jours, sauf les jours fériés, naturellement.

— Naturellement.

Emmitouflé dans un anorak bleu marine, son énorme sac à dos sur les épaules, Oliver attendait sa mère, prêt à partir.

— Au revoir, Sioban, dit-il très poliment. À demain, monsieur Livingstone.

— C'est Clara, mon assistante, qui vous l'amènera après le déjeuner, déclara la femme avant de disparaître avec son fils unique.

— Qui est cette Clara ? demanda Sioban quand la porte se fut refermée derrière eux.

— Son assistante.

— Je sais, j'ai entendu.

— Je crois que c'est l'ado mal fagotée qui laisse Twist devant la porte sans même lever les yeux de son portable. Une sorte de lichen extraterrestre, si tu veux mon avis.

— Un lichen extraterrestre diplômé d'Oxford ?

— J'ose espérer que non.

— Parce qu'elle a du mal à s'exprimer ?

— Parce qu'elle est suffisamment stupide pour ne pas adresser la parole à Oliver.

La chambre d'Agnes, au premier étage de la maison qu'elle partageait avec Jasmine, était spacieuse et à dominante bleue. Lorsqu'elle s'y était installée, les premiers jours, elle était tombée sous le charme de la vue du petit bout de jardin devant la porte d'entrée et du silence qui régnait tout autour. Le bruit du trafic provenant des deux artères principales entre lesquelles se trouvait leur petit îlot pavillonnaire était amorti par la distance et l'environnement champêtre.

Depuis Cromwell Road, elle avait une vue partielle sur l'entrée d'un hôtel et un immeuble de bureaux aux vitres teintées dont l'enseigne proclamait LOVECRAFT & CARTER BOOKKEEPERS. Agnes trouvait cette pancarte fascinante. Elle évoquait un lieu extraordinaire, une fastueuse bibliothèque administrée par Mmes Lovecraft et Carter – des bibliothécaires intemporelles, portant des pistolets à la ceinture –, dont le rôle était de garder dans des chambres fortes, des trésors livresques auxquels seules quelques rares personnes avaient accès : des grimoires dangereux, hors de prix, insolites, que leurs propriétaires avaient déposés là pour les mettre à l'abri des convoitises. Ce n'est que lorsqu'elle découvrit que *Bookkeepers* signifiait « comptables », et non pas « gardiens de livres », que le mot perdit son mystère et sa magie.

Ce n'était pas la première fois qu'une chose, qui lui avait paru de prime abord exotique et merveilleuse, avait brusquement perdu tout son charme et son mystère. Ainsi, à Oxyrhynque, quand elle se promenait sur le site archéologique en attendant l'heure du dîner, son regard se perdait dans le ciel rose et ocre du crépuscule africain et elle pensait à son avenir. Vue de l'extérieur, la profession d'archéologue pouvait paraître fascinante et romantique, comme une chasse au trésor pleine d'aventures, à l'instar des films d'Indiana Jones. Mais en réalité c'était un travail épuisant, qui consistait à creuser des heures durant des sols plus ou moins décomposés, à consulter des archives poussiéreuses et à dresser des inventaires.

Mais lorsqu'elle était entrée chez Moonlight Books, pour la première fois, il s'était passé l'inverse. Ce qu'elle pensait être une librairie londonienne ordinaire s'était révélé un lieu extraordinaire. Sans même s'en rendre compte, au fil des jours, Agnes avait commencé à regarder le monde à travers le prisme des livres de M. Livingstone. Et dire que jusque-là, elle n'avait pas même passé cinq minutes à observer les étoiles avec un télescope, ne s'était jamais intéressée à l'alignement unique de Jupiter avec la comète 67P, ne s'était jamais demandé pourquoi la sonde *Rosetta* et son module d'atterrissage *Philae* avaient été baptisés ainsi. Elle ne comprenait pas pourquoi, elle n'avait jamais remarqué la magie des livres illustrés, ou la nostalgie romantique des débuts du XIXe siècle qui, aujourd'hui encore, imprégnait certains recoins de cette ville, et pas uniquement la librairie d'Edward.

Son regard s'illuminait à la vue d'une nouvelle édition de *La Tempête*[1], de Mme Dresden et ses états d'âme, d'Oliver Twist et ses pertinentes observations, de M. Livingstone et son flegme typiquement british. De prime abord, le monde était gris, et ce n'est qu'en apprenant à le regarder qu'on parvenait à en distinguer les couleurs. Elle avait commencé à comprendre que le bonheur jaillit de sources minuscules et imprévisibles, et se demandait si une librairie pouvait, à elle seule, receler toutes les bonnes choses de la vie.

Après avoir donné des croûtes de pain aux canards, Agnes alla s'asseoir avec son livre sur l'un des bancs qui bordaient la rivière Serpentine. Ce n'était tout compte fait pas la fin du monde de ne pas être une archéologue reconnue, songea-t-elle. Elle n'allait pas retourner à Barcelone pour les fêtes de fin d'année, mais elle avait réussi – tout au moins en partie – à se débarrasser de l'anxiété qui la taraudait quand elle faisait la tournée

1. Pièce de Shakespeare.

des musées et des agences de location, et savait qu'elle allait pouvoir mener une vie heureuse grâce à Jasmine et au Moonlight Books. Elle en était là de ses ruminations quand son regard plongea subitement dans les yeux bleu azur de John Lockwood.

— C'est quoi ce bouquin ?

Ce n'était pas, tant s'en faut, la meilleure façon d'entamer la conversation avec une fille, surtout quand on ne voulait pas avoir l'air menaçant ou suspicieux. Mais bien qu'il ait été à sa recherche depuis qu'il était entré dans Hyde Park, il avait perdu ses moyens quand il avait vu ses longs cheveux dansant dans la brise, ses joues rosies par le froid et le regard étonné dans ses yeux bruns immenses et magnifiques. Sans parler de son long manteau gris anthracite serré à la taille par une ceinture, qui lui donnait des airs de princesse russe en exil.

Agnes, réduite à quia par cette irruption subite, lui tendit le livre à la couverture rouge et noir.

— Énée le Tacticien, lut à voix haute le policier. *Poliorcétique.* La stratégie militaire grecque au IVe siècle avant notre ère. Une petite lecture matinale ?

— C'est un traité tout à fait intéressant sur la défense des cités. Le chapitre consacré aux mots de passe surprendrait de nos jours plus d'un informaticien. Comment m'avez-vous trouvée ?

— C'est Edward Livingstone qui m'a dit que vous veniez ici.

— Vous allez m'accuser d'avoir volé le journal ?

— Je devrais ?

John se mordit la langue, furieux contre lui-même. Non content de l'avoir abordée sans façon, voilà qu'il aggravait son cas.

— Je peux vous inviter à boire un café ? s'empressa-t-il de demander. Comme ça, vous pourrez me raconter tout ce dont vous vous souvenez de cet après-midi-là. Il fait trop froid ici pour parler, et j'ai horreur des poulets.

— Ce sont des canards.

— Vous maîtrisez admirablement l'ornithologie.

Agnes jeta ses dernières croûtes de pain, puis se risqua à plonger de nouveau ses yeux dans ceux de l'homme qui se tenait debout à côté du banc et attendait sa réponse. Quelque chose dans la raideur de sa posture et de son expression lui rappelait les statues romaines du British Museum. Elle se leva sans cesser de le regarder et sourit.

— Je préférerais un thé, dit-elle, les lèvres engourdies par le froid.

— Va pour un thé, concéda John.

Il fourra ses mains dans ses poches pour ne pas céder à la tentation d'écarter une mèche de cheveux châtains que le vent avait rabattue sur sa joue ; d'enfouir sa paume dans le creux gracieux de sa nuque, si chaude… Elle se trouvait juste devant lui, si près qu'il aurait pu la toucher rien qu'en étirant les doigts. Mais elle ne le regardait déjà plus. La tête rejetée en arrière, elle observait le ciel devenu soudain calme et silencieux. Il n'y avait plus ni vent, ni soleil, ni nuages, juste une voûte gris anthracite de la même couleur que le manteau de la princesse en exil.

Elle baissa la tête et ses yeux cherchèrent ceux de John. Un petit sourire jouait au coin de ses lèvres.

— Il neige, dit-elle sur un ton proche de la félicité.

Les premiers flocons de décembre commencèrent à tomber sur eux, au bord des eaux sinueuses du lac, recouvrant de blanc les grands hêtres et les ifs centenaires.

9

Blottis sous le parapluie bleu d'Agnes, ils commencèrent à avancer bras dessus bras dessous, comme dans un rêve. C'était étrange de régler son allure sur celle d'un inconnu, quand on était habituée à marcher seule.

John tenait le parapluie de la main droite et se dirigeait d'un pas décidé vers la sortie de Serpentine Road, en direction de Green Park. La jeune fille se serrait contre lui, en toute confiance, son bras passé sous le sien, et il aimait ça. Elle mesurait à peine une tête de moins que lui, et par moments, ses longs cheveux voletaient et lui chatouillaient le menton. Il savourait cet instant où le monde se résumait à un parapluie bleu et à la respiration d'une fée qui rejetait de petits nuages blancs dans l'air froid.

Lorsqu'ils sortirent du parc et se mirent à longer Piccadilly Road, les embouteillages, aggravés par les caprices de la météo, rompirent le charme. Bien qu'ayant un esprit pragmatique peu enclin à l'introspection, John s'était senti transporté par le romantisme bucolique de Hyde Park.

— Il y a longtemps que vous vivez à Londres ? demanda-t-il à Agnes sans ralentir le pas.

— Depuis septembre. C'est la première fois que je vois de la neige en ville.

— Ne me dites pas que vous êtes venue ici pour le climat.

— À Barcelone, il ne neige pas, ce qui est un véritable traumatisme pour les enfants, sourit-elle. Je suis venue pour chercher du travail en tant qu'archéologue. N'est-ce pas ce qui nous pousse tous à partir ?

— Si seulement c'était aussi simple... Pouvoir partir à l'étranger pour chercher du travail, sans y être poussé par la guerre, la famine, la maladie, la mort et le désespoir.

Agnes lui jeta un regard surpris. L'œil perdu dans le vague, il ajouta :

— J'étais en Afghanistan. (Il marqua une courte pause pour s'éclaircir la voix.) Je traversais parfois des villages en ruine. Ce n'est qu'en sortant de sa zone de confort qu'on prend conscience de la chance qu'on a eue d'être né du bon côté de la planète.

Quelque peu intimidés par le tour sérieux qu'avait pris la conversation, ils se turent un instant, le bruit de leurs pas se perdant dans les clameurs du trafic et les rafales qui accompagnaient la tempête de neige. Ils avançaient tranquillement, mais d'un pas sûr, Lockwood guidant la marche. Une pensée fugace traversa l'esprit d'Agnes : elle se sentait en sécurité au bras de cet homme.

— Edward ne croit pas qu'il existe de bonnes civilisations, dit-elle, en rebondissant sur les paroles de John. Même après avoir lu *L'Homme et le Bois* de Lars Mytting, il doute que la culture, la société et les coutumes des Norvégiens soient un modèle de perfection.

— Et qu'en pensez-vous en tant qu'archéologue ?

— Je ne me risquerais pas à dire d'une civilisation antique, quelle qu'elle soit, qu'elle était parfaite, mais il faudrait poser la question à un anthropologue.

— À Scotland Yard, nous en avons un. Mais nous ne savons jamais que penser de ses conclusions.

Pour marquer l'anniversaire de la première publication d'*Alice au pays des merveilles*, de Lewis Carroll, le Fortnum & Mason de Piccadilly avait décoré ses vitrines avec des scènes inspirées du livre : le thé avec le Chapelier fou, la Reine de Cœur dans son jardin, Alice et le Lapin blanc tombant dans le terrier... Chaque fois qu'elle passait par là, Agnes s'arrêtait pour les admirer. Mais cette fois, quand ils atteignirent le numéro 181 de Piccadilly Street, et qu'elle capta son reflet dans la vitrine resplendissante de dorures, elle se demanda qui était cette étrangère qui marchait tranquillement, bras dessus bras dessous avec John Lockwood. Un couple d'inconnus s'abritant de la neige sous le même parapluie,

Pour Agnes il était important de savoir quelle distance adopter avec les gens, car cela l'aidait à se définir elle-même, de façon positive ou négative. Les autres nous influencent de mille façons, car nous ne sommes pas étanches. Et ces petites contributions finissent par former une galaxie de bonnes intentions, si l'on trouve la bonne personne. Ainsi, M. Livingstone l'avait aidée à trouver la sérénité. Grâce à lui, elle avait appris à apprécier ce qu'il y a d'unique et d'original en chaque être humain. Avec Oliver, elle se sentait moins pessimiste et était capable de regarder le monde avec un œil neuf, sans préjugés. Sioban lui apportait son bon sens et son pragmatisme ; Jasmine, son optimisme, y compris dans les moments les plus sombres.

Edward lui avait un jour cité William Faulkner dans *Tandis que j'agonise* : « La solitude est la meilleure réponse face à un monde peuplé de gens superficiels et malveillants. »

— Ce qui prouve, comme le laisse supposer la fuite de Henry David Thoreau dans les bois avec une hache, que tous les Américains ne pas gentils, avait plaisanté le libraire.

Alice n'avait pas osé lui demander si c'était cela qui l'avait poussé à se réfugier dans la bulle de Moonlight Books, là où rien de mauvais ne pouvait lui arriver ; un monde à sa mesure, où les gens superficiels et malveillants n'avaient pas leur place. Car comment des lecteurs assidus auraient-ils pu être méchants ?

Alice savait que son travail à la librairie n'avait pas changé sa nature profonde – une fois passée l'adolescence, il était trop tard pour cela. Mais depuis qu'elle était à Londres, ses nouveaux amis et tous les ouvrages que M. Livingstone lui avait donné à lire avaient eu sur elle un effet bénéfique. Elle ne voyait plus la vie tout à fait sous le même angle.

Ignorant les pensées de la jeune fille, John se réfugia sous le porche de Fortnum avant de fermer le parapluie et de l'inviter à entrer en lui tenant la porte. Ils pénétrèrent dans la boutique-restaurant, accueillis par la lumière chaleureuse qui tombait des lustres, le monumental escalier de marbre garni d'une myriade de guirlandes de Noël. Le luxe était tel que chaque fois qu'elle entrait ici, Agnes avait l'impression que Louis XIV allait apparaître et ouvrir le bal. Bien entendu, elle ne se serait jamais risquée à proférer tout haut pareil blasphème sur la terre d'Angleterre, mais elle ne savait comment décrire autrement la sensation que lui procurait l'atmosphère à la fois excessive et légère qui régnait ici.

— Il est trop tôt pour monter au Jubilee ?

John se référait au salon de thé Diamond Jubilee, situé au dernier étage, dont l'élégant style Régence et les légendaires services à thé intimidaient quelque peu Agnes.

— Il n'y a pas d'heure pour monter au Jubilee. Une civilisation capable de conférer un tel panache au simple fait de prendre une tasse de thé ne peut que forcer notre admiration.

Lockwood s'approcha d'elle comme s'il allait lui faire une confidence.

— C'est pour impressionner les touristes, lui glissa-t-il à l'oreille, dissipant momentanément la sensation de froid qui l'étreignait.

John ne put résister à la tentation de lui caresser les cheveux, sous prétexte d'en ôter quelques flocons de neige égarés. Elle retint son souffle et se tint immobile.

— Cela dit, je n'ai pas envie d'emprunter cet ascenseur antédiluvien, déclara le policier en s'éclaircissant la voix.

— Vous êtes claustrophobe ?

Agnes songea qu'avec son imposante carrure, son compagnon risquait d'avoir du mal à se faire une place dans la petite cabine déjà en partie occupée par le garçon d'ascenseur.

L'archéologue n'avait jamais pris le thé au Jubilee Tea Salon, car dès qu'on arrivait au dernier étage, une nuée d'hôtesses vous accostaient pour vous souhaiter la bienvenue, le sourire aux lèvres, ce qui la mettait mal à l'aise. Elle avait toujours peur de paraître mal attifée ou décoiffée, ou trop pauvre. Mais cette fois, lorsqu'elle atteignit le vestibule, après avoir gravi toutes ces marches en compagnie de John, quelque chose d'extraordinaire se produisit. Ses chaussures étaient trempées et elle était couverte de flocons de neige de la tête aux pieds, mais rien de tout cela n'eut la moindre importance lorsque John demanda une table pour deux et que les hôtesses, toujours souriantes, les toisèrent d'un air hautain et réprobateur. Ignorant la table dans un recoin sombre que lui proposait la serveuse blonde tirée à quatre épingles, il traversa la salle parquetée en direction de la baie vitrée donnant sur le ciel tourmenté de Piccadilly Road.

— Ici, ce sera parfait, dit-il d'un ton ferme.

C'était comme s'il avait sorti son insigne de Scotland Yard, songea Agnes, car la blonde ne chercha pas à protester, même si son sourire s'était estompé.

John tira une chaise pour Agnes, et attendit qu'elle ait ôté son manteau et se soit installée avant de l'imiter. Ils prirent quelques instants pour admirer la vue imprenable et la valse gracieuse des flocons de neige. Peu de villes sont aussi belles que Londres, à Noël, sous la neige.

— Que pensez-vous qu'il soit arrivé au journal du Dr Livingstone ? demanda John après avoir commandé du thé et un assortiment de gâteaux.

— Je n'en sais rien. Tous ont l'air de penser qu'il a disparu l'après-midi où j'étais seule à la librairie. Mais moi, je n'ai rien remarqué d'anormal… et ce n'est pas moi qui l'ai pris, ajouta-t-elle avec emphase.

— Un type qui s'indigne de ne pas trouver de DVD dans une librairie, les Rosemberg qui cherchent un livre vert, et Mme Dresden qui parle d'armes blanches…

— Une épée de Morgul.

— Rien de tout cela ne vous semble anormal ?

Agnes sourit, et le policier eut l'impression que la salle autour d'eux s'illuminait.

— Je n'envie pas votre travail, dit-il.

— Ce journal est un document tout à fait exceptionnel. Pour M. Livingstone il n'a qu'une valeur sentimentale, mais du point de vue scientifique et historique…

— Vous êtes la principale suspecte.

— Oui.

— Si ça peut vous tranquilliser, j'ai l'intime conviction que vous ne l'avez pas pris.

— Bien sûr que ça me tranquillise.

— Votre confiance me flatte, mais à supposer que je sois un flic notoirement incompétent, qu'est-ce qui vous donne à penser que je ne fais pas fausse route ?

— Le fait que vous soyez convaincu de mon innocence.

John éclata de rire. Il était incapable de détacher son regard d'Agnes. Dans l'étrange lumière qui tombait du ciel, il la trouvait particulièrement belle et émouvante, avec ses yeux bruns plongés dans les siens, son sourire, la délicatesse de ses mains, son accent chantant.

Le thé, servi dans de la porcelaine blanche à décor oriental d'oiseaux et de feuillages, était accompagné de tout petits gâteaux, choux à la crème anglaise, cakes aux raisins secs, roulés au chocolat ou à la confiture de groseille. À la vue de cette table magnifique, Agnes ne put dissimuler sa joie. Quand elle lisait des livres comme *Chronique d'une chasse aux trolls* de James McBryde, elle ne pouvait s'empêcher d'imaginer les explorateurs britanniques impeccablement vêtus de costumes de tweed, faisant une pause au beau milieu des marécages danois pour prendre le thé.

— Je suis aux anges, s'exclama-t-elle. C'est exactement comme dans les livres que me fait lire Edward.

— Des livres sur le thé ?

Agnes secoua la tête.

— Des classiques de la littérature anglo-saxonne, beaucoup d'Arnold Bennett, mais aussi des romans qui sont presque tombés dans l'oubli aujourd'hui, même s'ils furent acclamés par la critique du temps de Virginia Woolf, D.H. Lawrence ou James Joyce.

— Et des romans policiers ?

— Quelques-uns. (Elle sourit.) Edmund Crispin, Dorothy L. Sayers, Ngaio Marsh ou Georgette Heyer. Mais surtout de la littérature de la fin du XIXe et de la première moitié du XXe siècle. Il fait parfois des exceptions et me met dans les mains un roman de science-fiction de Connie Willis, de Tim Powers ou d'Orson Scott Card. À la maison, c'est Jasmine qui m'oblige à lire du *feel good* pour compenser cette avalanche de livres tourmentés.

— Le *feel good*, c'est quoi au juste ?

— Des romans dont les protagonistes ne se prennent pas la tête, résuma-t-elle en pensant à tous les titres que son amie lui avait fait découvrir. Des histoires où il ne se passe rien de vraiment extraordinaire, et dont les personnages ne sont pas des héros tragiques. Des histoires où le bonheur réside dans les choses simples et les gestes du quotidien…

— Comme prendre le thé au Jubilee avec la plus jolie femme de Londres.

Une agréable sensation de chaleur envahit John quand les joues de la jeune nymphe s'empourprèrent légèrement. S'il avait lu *Sans parler du chien* de Connie Willis, il se serait rendu compte qu'il regardait Agnes exactement de la même façon que Ned Henry regardait Verity. Mais Lockwood ignorait sans doute qu'il était en proie à un vertige transtemporel.

— Tout cela, murmura Agnes en désignant d'un geste large Londres sous la neige, le salon de thé, le service de porcelaine et les gâteaux disposés entre eux, c'est magique.

Quand Agnes poussa la porte de Moonlight Books, cet après-midi-là, elle était sur un petit nuage. Mais M. Livingstone, en pleine discussion avec Charlie Caldecott, était clairement d'une humeur de chien.

— Ce n'est évidemment pas un châtiment divin, arguait le vieux tailleur assis dans l'un des fauteuils du coin des romantiques.

— C'est exactement ce qu'ont affirmé les Londoniens en 1666, au moment du grand incendie. Comme si les exactions de Cromwell et la décapitation de Charles 1er n'avaient rien à voir.

— Elles n'avaient rien à voir, en effet.

— Le Monument[1] est hideux, insista le libraire renfrogné.

— Mon professeur de sciences m'a expliqué que Hooke avait installé un télescope à l'intérieur de la colonne, lança Oliver depuis le premier étage. Je n'ai encore jamais eu l'occasion de le voir.

— Qu'est-ce qui se passe ? intervint Agnes. Pourquoi êtes-vous de si mauvaise humeur ?

M. Caldecott la salua d'un hochement de tête et déclara :

— Nous autres, Anglais, n'avons pas d'humeurs, bonnes ou mauvaises. Mais nous avons l'esprit pratique et des bouillottes pour nous tenir chaud.

---

1 Le Monument est une colonne dorique érigée en 1677, en mémoire du grand incendie de Londres.

— Vous êtes en retard, grommela Livingstone.

— Agnes, lança Oliver depuis l'étage, viens me lire *Peter Pan*.

Résistant à la tentation de monter le rejoindre pour reprendre la lecture, elle réitéra sa question à Edward.

— J'ai été encore une fois nominé pour le prix Scrooge, grommela-t-il en mâchouillant sa pipe. Pour la troisième année consécutive.

— Le prix Scrooge, expliqua Caldecott, est une sorte de médaille décernée au libraire le plus grincheux de l'année.

— M. Livingstone l'a déjà remportée ?

— Jamais, sourit le tailleur.

Un courant d'air froid s'engouffra dans la boutique quand Sioban entra précipitamment, l'air triomphant.

— Je suis complètement givrée ! annonça-t-elle, euphorique. Je viens d'acheter les droits de la correspondance de J.R.R. Tolkien.

— Tu es complètement givrée ! répéta M. Livingstone, plus que jamais dans son rôle d'Ebenezer Scrooge[1].

— Complètement ! Figure-toi que j'étais en train de flâner au salon des livres de Noël, quand je me suis retrouvée au beau milieu d'une discussion entre un représentant de Houghton Mifflin Harcourt et un autre de la Fondation Tolkien.

— Vous voulez dire le M. Mifflin de *La Librairie ambulante* ? interrompit Caldecott.

1. Personnage acariâtre d'*Un conte de Noël* de Charles Dickens.

—Houghton Mifflin est le groupe éditorial qui publie actuellement les œuvres de Tolkien, expliqua Sioban. Mais bref, tout ça pour dire que le ton commençait à monter entre les deux représentants, quand Christopher Tolkien, en compagnie de sa femme et de Cathleen Blackburn, de Manches & Co, ont fait leur apparition. J'ai saisi ma chance au vol et me suis lancée tête baissée. C'était maintenant ou jamais.

—Ma Walkyrie, soupira M. Livingstone en feignant la béatitude.

—Oh, assez de sarcasmes, méchant libraire.

—Ne faites pas attention à lui, intervint Caldecott, il vient d'être encore une fois nominé pour le prix Scrooge.

—Félicitations, mon cœur ! s'écria Sioban en l'embrassant sur la joue.

—Grrrr, marmonna Edward en fourrant sa pipe entre ses dents pour dissimuler son mécontentement.

—Et qu'est-ce que vous leur avez dit ?

Apparemment, de tous les gens présents, Agnes était la seule à vouloir savoir ce qu'il allait advenir de la correspondance de Tolkien. Le thé au Jubilee, en compagnie de John Lockwood, lui parut soudain insignifiant, comparé à l'exaltante matinée de Sioban.

—Je les ai regardés dans les yeux, en gardant autant que possible mon sang-froid, et je leur ai dit que j'avais choisi le nom de Symbelmyne pour ma maison d'édition parce que je rêvais de publier J.R.R. Tolkien. Quand l'épouse de Christopher m'a demandé pourquoi, je lui ai répondu que je ne pouvais pas concevoir la mythologie de la littérature sans Tolkien. J'ai parlé de mon passage au Balliol College, qui m'avait permis de découvrir l'histoire d'Oxford durant la Seconde Guerre mondiale. J'ai évoqué les Inklings[1] et le fait que j'aurais aimé participer aux déjeuners, le mardi, au pub Eagle and Child[2] et lire à voix haute des diatribes contre F.R. Leavis[3], ou imaginer une version chantée d'*Hamlet* en vieil islandais.

— Ah, Oxford durant la Seconde Guerre mondiale... Une période sombre pour l'architecture, mais riche du point de vue littéraire, commenta M. Livingstone. Rien à voir avec l'époque victorienne et toutes ses réceptions en queue-de-pie ; un cauchemar pour les éditeurs. Non, vraiment, je ne suis pas un adepte de l'esthétique victorienne, sauf peut-être quand elle recèle un peu de ce style gothique si cher à John Betjeman...

— Et donc, Cathleen et Christopher m'ont annoncé qu'ils allaient mettre en vente les droits de reproduction de la correspondance de leur père, la sélection de Humphrey Carpenter. Sioban marqua une pause savamment calculée, qui les tint tous en haleine (y compris M. Livingstone et ses divagations architecturales) avant d'ajouter : Il a fallu que j'investisse tout le capital de Symbelmyne, mais j'ai réussi à acheter ces fichus droits de reproduction. Pour sept ans. Je compte publier la correspondance d'ici trois mois, accompa-

1. Cercle littéraire d'Oxford qui a vu le jour durant les années 1930 et 1940.
2. Pub d'Oxford où le cercle dit des «Inklings », dont J.R.R. Tolkien, avait l'habitude de se réunir.
3. Critique littéraire britannique de l'avant-guerre.

gnée d'une préface signée de la main d'un génie que je n'ai pas encore choisi.

— Félicitations, chère Sioban ! applaudit M. Caldecott. Voilà qui mérite d'être arrosé avec un bon verre de whisky écossais que ton radin de fiancé garde bien caché !

— Et ne comptez pas sur moi pour vous dire où.

— Agnes, mon chou, au premier, dans la section polars, derrière la collection Dorothy L. Sayers. Je vais chercher les verres, et Caldecott, les glaçons.

— C'est un outrage. À l'époque victorienne et dans l'Oxford de Tolkien…

— Embrasse-moi, Edward. Je suis ruinée, mais je t'aime.

M. Livingstone obtempéra à contrecœur, jusqu'à ce que ses lèvres s'unissent à celles de sa belle walkyrie.

— À cause de toi, je n'arrive jamais à remporter le prix Scrooge, grogna-t-il doucement, sa mauvaise humeur envolée.

10

On était à une semaine de Noël. Agnes, en quête de cadeaux pour ses amis, faisait du lèche-vitrine à Covent Garden ; Oliver tentait par tous les moyens de convaincre sa mère de le laisser passer une nuit sans lune à la librairie ; Sioban et son associé raclaient les fonds de tiroirs de Symbelmyne dans l'espoir d'y trouver quelques sous oubliés ; John Lockwood entrait chez Moonlight Books avec une discrétion qu'Edward aurait trouvée admirable s'il n'avait pas été perdu dans ses pensées.

— Monsieur Livingstone, le salua-t-il en s'approchant du libraire, qui tenait à la main un exemplaire de *Voyage d'un naturaliste autour du monde* de Charles Darwin.

— Inspecteur, répondit ce dernier. Vous avez retrouvé mon journal ?

Il avait dit cela sur un ton détaché, presque comme s'il s'agissait d'une formule de politesse.

— Toujours pas. Je viens d'interroger les Rosemberg.

— Vous croyez qu'ils s'adonnent au trafic de manuscrits anciens ?

—Je crois qu'ils… sont un peu bizarres. Leur maison est remplie de pots de fleurs avec toutes sortes de plantes assez effrayantes.

—Ils sont botanistes.

—Mais ces plantes-là…

Lockwood s'interrompit quand un homme vêtu d'un costume cravate impeccable et d'un pardessus de couleur sombre vint se planter devant eux, une énorme valise noire à la main.

—Je vous prie de m'excuser, dit-il avec une politesse exquise à M. Livingstone, mais j'ai besoin de lire *Alice*, de Lewis Carroll.

—*Au pays des merveilles* ou *à travers le miroir* ?

—Chez moi, autant que possible.

—Diable ! Je vais vous chercher un exemplaire des deux ouvrages sur-le-champ. S'il y a quelqu'un dans cette ville qui mérite de lire Lewis Carroll, c'est bien vous.

Accoudé au comptoir, John attendit patiemment que M. Livingstone ait fini d'emballer les livres, puis de les encaisser.

—Nous avons ici un spécimen humain avec qui je prendrais volontiers une bière, confessa le libraire quand la porte se fut refermée derrière son client.

—Monsieur Livingstone, pour en revenir aux Rosemberg… réitéra le policier.

—Ah oui, les Rosemberg et leurs caprices botaniques.

—Je ne pense pas qu'ils ont dérobé le livre. Il leur a fallu cinq bonnes minutes avant de se souvenir qu'ils étaient venus chez Moonlight Books, et dix de plus pour me dire ce qu'ils étaient venus y faire.

— Oui, mes chers Hansel et Gretel sont ainsi.

— Ils ne s'appellent pas comme ça.

— Non, mais je n'arrive jamais à retenir leurs noms, et quoi qu'il en soit, je trouve qu'Hansel et Gretel leur va très bien.

— C'est à se demander comment ils font pour retrouver leur chemin quand ils sortent de chez eux. Je les imagine mal perdus dans la forêt. Je parie qu'ils seraient infichus de trouver la maison de la sorcière.

— Je me suis fait la réflexion, moi aussi, approuva Livingstone, l'air songeur. Si ce sont eux qui ont emporté le journal, il y a de fortes chances pour qu'ils aient oublié où ils l'ont caché.

— Je doute qu'ils aient eu ne serait-ce que connaissance de l'existence du journal. Sauf si vous l'aviez exposé dans un pot de fleurs, je ne crois pas qu'il aurait attiré leur attention.

Edward allait faire remarquer qu'*Observations cartographiques, zoologiques, botaniques et géologiques du sud de l'Afrique* aurait pu attirer l'attention d'Hansel et Gretel, du fait de ses magnifiques descriptions de plantes rares, quand Mme Dresden entra en trombe dans la librairie. Elle portait encore des pantoufles et semblait avoir enfilé tout ce que sa penderie contenait de vêtements pour affronter le matin glacial de décembre. Ses boucles violettes sautillaient gaiement autour de sa tête. Ignorant John comme s'il avait été invisible, elle s'adressa à M. Livingstone.

— Je voudrais écrire au professeur Gervase Fen, dit-elle sans préambule. Pourriez-vous me procurer son adresse postale ? Il vit à Oxford.

Le libraire ne manifesta pas le moindre étonnement devant cette extravagante requête. Le flegme à toute épreuve de M. Livingstone força l'admiration de John, qui se demandait s'il s'agissait d'un trait inné de son caractère ou s'il l'avait acquis à force de traiter avec des lecteurs farfelus.

— Madame Dresden, Fen n'existe pas, répliqua le libraire.

— Mais si, il est d'Oxford, je vous assure.

— Je veux dire qu'il s'agit d'un personnage de fiction. Un produit de l'imagination d'Edmund Crispin.

— Parce que vous trouvez normal que quelqu'un avec un nom aussi ridicule soit réel, et le professeur Gervase non ?

— Edmund Crispin est le pseudonyme de Robert Bruce Montgomery.

Mme Dresden darda sur lui un regard suspicieux.

— Pourquoi voulez-vous lui écrire ? Vous avez une affaire criminelle à lui soumettre ?

— Un mystère, une énigme, un défi, dit-elle une lueur pétillante dans ses petits yeux sombres.

— Ah, dans ce cas, j'ai encore mieux à vous proposer, chère madame. Je vous présente John Lockwood, inspecteur à Scotland Yard.

Mme Dresden prit le temps de scruter l'imposant policier, puis hocha la tête d'un air approbateur.

— Et lui aussi, c'est une fiction ?

— Non, il est de Londres.

— Monsieur Livingstone, s'il vous plaît, supplia John, qui, bien qu'étant armé, se sentait sans défense.

Le libraire lui adressa un clin d'œil et s'éclipsa à l'étage. Il redescendit avec un volumineux ouvrage à la couverture blanche ornée de dessins d'animaux multicolores.

— La *Trilogie de Corfou* de Lawrence Durrell, lut à haute voix Mme Dresden quand il le lui tendit.

— Ça vous aidera à vous détendre et à oublier le temps pluvieux d'Oxford. Je crains que toutes ces aventures à bord du *Lily Christine* ne vous aient échauffé l'esprit.

Quand Mme Dresden s'en alla avec son nouveau livre, Edward examina le policier par-dessus des lunettes sans monture afin d'évaluer son degré d'exaspération.

— Vous n'avez pas l'air de prendre très au sérieux cette histoire de journal volé, s'agaça le policier.

— Détrompez-vous.

Ayant retrouvé sa sérénité, Lockwood allait reprendre son enquête quand la maudite porte s'ouvrit de nouveau, et qu'un autre fou de livres entra et demanda un exemplaire de *Lorem ipsum.*

— Aujourd'hui, j'ai écarté les Rosemberg, et hier, j'ai visionné les vidéos de la caméra de sécurité qui se trouve au bout de la rue. J'ai pu voir entrer et sortir le type des DVD ; il ne s'est pas attardé et ne tenait pas le manuscrit à la main quand il est parti, tout au moins pour autant que j'ai pu en juger. Je ne pense pas qu'il soit resté suffisamment longtemps à l'intérieur de la boutique pour pouvoir ouvrir la vitrine et s'emparer du journal à l'insu d'Agnes.

— Nous nous retrouvons donc à court de suspects, médita M. Livingstone.

— Et Agnes Martí ?

— Quoi, Agnes Martí ?

— Nous avons parlé, elle et moi. Je l'ai invitée à prendre le thé.

— J'espère que vous avez été à la hauteur.

— Je l'ai emmenée au Jubilee.

— Je me référais à vous, John Lockwood, pas à la théière.

Le policier lui lança un regard intrigué, puis demanda de but en blanc :

— Pourquoi est-ce que me détestez, monsieur Livingstone ?

— Détrompez-vous. Vous me plaisez, au contraire. C'est pourquoi je me montre… exigeant.

John attendit qu'il poursuive sa rocambolesque explication.

— Si je vous détestais, comme vous dites, ou si je vous croyais mal intentionné, je serais beaucoup plus détendu en votre présence. Chez le méchant de l'histoire, rien de négatif ou de malveillant ne saurait nous surprendre. Mais étant donné que je vous considère comme le héros, j'attends beaucoup de vous. Bien que, en même temps, j'aie peur que vous ne me déceviez, raison pour laquelle vous croyez déceler chez moi une certaine méfiance.

— Mais, pourquoi vous décevrais-je ?

— Vous savez parfaitement de quoi je parle, John. J'ai beau n'être qu'un pauvre libraire myope et dans la lune, la façon dont vous regardez mon assistante ne m'a pas échappé.

Si la remarque de M. Livingstone surprit l'inspecteur Lockwood, il n'en laissa rien voir. Il soutint le regard bleu de son interlocuteur et s'autorisa une esquisse de sourire.

— Et je la regarde comment ?

— Comme John Keats regardait Fanny Brawne. « J'ai tout oublié sauf que je voulais te revoir. »

— Si vous pensez que je suis un brave type, vous n'avez pas de raison de vous inquiéter pour votre assistante.

— Mais une telle chose n'existe pas, inspecteur Lockwood, sourit Edward. Il n'y a pas de braves types. Il n'y a que des intentions irréprochables.

John ressortit de la librairie comme on émerge d'un sommeil profond : confus et désorienté. Il emprunta les ruelles pimpantes du quartier du Temple, prit la direction de l'Embankment, et décida de gagner à pied le centre de la City, où Sarah et lui devaient se retrouver pour le dîner. Sa visite à Moonlight Books ne l'avait guère avancé dans ses recherches. Il longea les quais en direction de la tour de Londres, et traversa la Tamise à la hauteur de Blackfriars Bridge.

Arrivé devant les bureaux du groupe de communication Ogilvy & Mather, il contempla la roue géante du millénaire d'un œil mélancolique. Sarah sortit pile à l'heure de l'immeuble Ogilvy, lui donna un petit baiser et l'entraîna aussitôt vers son restaurant préféré, la cafétéria de l'Imperial War Museum.

— Je ne comprends pas pourquoi tu aimes tant cet endroit, grommela John en scrutant le hideux édifice de Southwark qui abritait jadis l'hôpital psychiatrique de Bethlem.

L'imposante façade à colonnades surmontée d'un dôme vert-de-gris offrait un contraste trop marqué avec le corps du bâtiment en brique brune.

— J'adore leur salade de crabe.

Ils prirent place autour d'une minuscule table en Plexiglas. John scruta un instant les morceaux de crabe de sa salade : ils étaient aussi appétissants que les chaises en plastique blanches sur lesquelles ils étaient assis.

— Cette fois, c'est officiel, lança Sarah, l'interrompant dans ses réflexions gastronomiques. Je pars à Hong Kong à la mi-janvier.

— Je suis censé te féliciter ?

— Et comment ! C'est une mégapromotion. Je suis trop contente !

Il y avait un peu plus de trois mois que Sarah et lui avaient cessé de sortir ensemble, en partie à cause de cet imminent transfert à Hong Kong. Et bien qu'il fût content pour elle, John trouvait l'enthousiasme de son ex un peu offensant, même si force lui était de reconnaître que l'échec de leur relation n'était pas entièrement dû au succès professionnel de Sarah.

En réalité, leur relation avait commencé à battre de l'aile il y avait plus d'un an quand, courageusement, elle avait décidé de rompre.

— John, nous ne sommes pas heureux ensemble, lui avait-elle dit un dimanche matin, tandis qu'ils étaient en train de petit-déjeuner en lisant la presse à une terrasse de café.

— Tu veux dire qu'on fait semblant ? lui avait-il lancé en souriant.

— Tu ne veux pas m'épouser, tu n'es même pas amoureux de moi.

— Pourquoi dis-tu cela ?

— Parce que je ressens exactement la même chose.

Ce jour-là, quand ils s'étaient séparés, avec une longue embrassade qui avait quelque chose d'irrévocable, elle lui avait fait promettre de prolonger leur relation pendant encore quelques mois, histoire de se donner une seconde chance. Sarah aimait l'idée qu'ils puissent former un vrai couple, mais il y a loin de la théorie à la pratique, et elle savait, au fond d'elle-même, que leurs chemins allaient se séparer. Ils s'entendaient plutôt bien et avaient beaucoup de choses en commun, mais il leur manquait l'essentiel : ils n'étaient pas amoureux et ne l'avaient jamais été. Ils n'avaient jamais ressenti autre chose que de la tendresse l'un pour l'autre. Les sorties ensemble, les projets de mariage et les repas de famille avaient quelque chose de réconfortant, mais ni lui ni elle n'avaient jamais vraiment pris la chose au sérieux. C'est pourquoi, lorsque quelques semaines après ce petit-déjeuner dominical à Covent Garden, l'occasion s'était présentée pour Sarah de prendre un poste de direction à Hong Kong, la jeune femme avait compris que le moment était venu de tirer un trait sur sa relation idéalisée avec John.

Le policier boudait sa salade de crabe. Il n'avait pas faim. Son esprit vagabondait. Dès lors que la rupture avec Sarah était consommée, rien ne l'empêchait d'entamer une nouvelle relation. N'étant pas du genre à pratiquer l'introspection amoureuse, il décida de se lancer sans tarder à la conquête de la fée aux pieds nus de M. Livingstone.

— J'ai rencontré quelqu'un, déclara-t-il.

Il n'avait pas prévu de confesser quoi que ce soit à Sarah, mais les mots étaient sortis tout seuls, sans que son cerveau ait eu le temps de les censurer.

— Ne va pas croire que cela me laisse indifférente de t'entendre dire cela, plaisanta Sarah.

— Je ne sors avec personne, si c'est ce que tu imagines.

— Tu n'as pas de comptes à me rendre, John. Je suis contente que tu aies des projets d'avenir, mais…

John attendit qu'elle continue.

— Ça t'ennuierait qu'on attende que les fêtes de Noël soient passées pour annoncer la nouvelle à nos familles respectives ?

— Tu ne veux pas qu'ils sachent qu'on n'est plus ensemble depuis des mois ?

— Plus exactement qu'ils sachent qu'on ne va pas se marier. Ma mère va en faire une jaunisse. S'il y en a une qui est amoureuse de toi, c'est bien elle.

— Très drôle.

— Je n'ai pas encore annoncé la promo de Hong Kong à mes parents ni notre rupture. J'ai envie de passer des fêtes tranquilles. Si ça se trouve, je ne pourrai pas passer les prochaines en famille.

John réfléchit quelques instants. Ce n'était pas une requête déraisonnable. Ses parents à lui avaient dû sentir que quelque chose clochait, car Sarah n'était pas venue leur rendre visite depuis des mois, et lui ne la mentionnait quasi jamais dans ses conversations. Mais le Dr Lockwood aurait préféré se couper un bras plutôt que d'interroger son fils sur sa vie amoureuse ; quant à Anne, qui était trop sensible à l'idée que son fils puisse avoir le cœur brisé, elle préférait éviter le sujet.

— Viens dîner le 24, proposa le policier. Il n'y aura que nous quatre, et comme ça, mon père et moi ne parlerons de rien d'autre que de bouffe et des prévisions météo de la semaine.

— Merci. Et pour toi, ce sera le Nouvel An. Je te promets que le 2 janvier au plus tard, j'aurai une discussion sérieuse avec ma famille. Je les mettrai au courant de mon départ à l'étranger et de mes regrets de ne pas pouvoir partir avec toi.

— Je croyais que tu étais heureuse d'aller là-bas.

— Je disais ça pour faire romantique.

— Ce qui n'a rien d'évident quand on déjeune avec des couverts en plastique dans un ancien hôpital militaire.

Sarah sourit, satisfaite, comme chaque fois qu'elle avait obtenu ce qu'elle voulait, et pointant vers lui sa fourchette, demanda :

— Mais parle-moi donc de la fille qui occupe tes pensées.

— Je n'ai pas envie d'en parler avec mon ex-petite amie.

Il lui rendit son sourire, puis se lança dans un petit discours improvisé sur les parapluies bleus sous la neige, et les étranges occupants d'une certaine librairie du quartier du Temple.

11

C'était une nuit sans lune. Le ciel de Londres, exceptionnellement dégagé, resplendissait d'étoiles. M. Livingstone soupirait en repensant à toutes les nuits comme celle-là, passées à pique-niquer sous la verrière pyramidale de Moonlight Books en compagnie de Sioban. Ils buvaient du Moët & Chandon en se lisant l'un l'autre des passages de leurs livres préférés, philosophaient sur les mystères de l'univers, et se lamentaient de ne plus pouvoir veiller, comme lorsqu'ils avaient vingt ans. Parfois, quand l'alignement des astres lui semblait propice et que l'éditrice semblait transportée par la lecture de *Macbeth,* M. Livingstone s'enhardissait à lui demander de nouveau sa main.

— « Le vin de la vie est tiré, et la lie seule reste à cette cave pompeuse[1]. » Viens, ma chérie, allons vider les tonneaux en compagnie de nos amis pour célébrer notre noce. Fais mon bonheur en me prenant pour époux.

— Je ne me souviens pas de ce passage.

---

1. William Shakespeare, *Macbeth*, acte II, scène 3.

— Épouse-moi, belle éditrice.

Sioban trouvait toujours un moyen de se dérober, invoquant la liberté, l'indépendance, l'amour inconditionnel, la peur de devenir une Lady Macbeth de pacotille ; et surtout la peur de devenir comme ses sœurs et toutes ses amies qui avaient eu le malheur de se marier.

— Leurs cerveaux ont permuté avec ceux de leurs grands-mères. Elles passent leur temps à se lamenter sur les slips qui traînent dans la salle de bains et ont perdu tout sens de l'humour. Pas moyen de leur arracher un sourire si elles ne sont pas pompettes.

— Tu devrais leur suggérer de mettre de la poudre d'aconit dans le thé de leurs époux.

— Pourquoi ?

— Parce qu'à moins de tomber sur un détective particulièrement habile, c'est un poison impossible à détecter.

— Je te demandais pourquoi je devrais leur conseiller de faire une chose pareille.

— Il s'agit d'une petite dose d'humour… noir. Histoire de les dérider un peu. Ça me fait penser à ce merveilleux roman de Jean Teulé, *Le Magasin des suicides*.

— Edward, tu ne m'écoutes pas. Je t'ai dit qu'elles avaient perdu tout sens de l'humour. Blanc, noir ou vert.

— Je te promets que ça ne nous arrivera jamais. Nous continuerons à nager dans le bonheur littéraire, à contempler le ciel d'ici par les nuits sans lune, à boire du thé sans aconit, à reconnaître quelques vertus à la culture française.

— Comme *Les Misérables* ?

— Comme le champagne.

Mais ce soir-là, la voix de la loi vint s'immiscer parmi les souvenirs et les pensées romantiques du libraire : Mme Twist était en train de lui rebattre les oreilles, tandis qu'à l'étage, rivé à son télescope, Oliver ne perdait pas une miette de ce que disait sa mère.

— Vous n'allez pas rester, déclara la redoutable avocate blonde, sur un ton plus affirmatif qu'interrogatif.

— Je ne suis pour ainsi dire jamais là, murmura patiemment Edward, dont l'attention s'était subitement portée sur deux adolescentes qui musardaient parmi les livres de Virginia Woolf.

— Mais Oliver m'a dit qu'il ne serait pas seul.

— Là-haut, il est toujours en compagnie d'autres passionnés d'astronomie, comme Herschel ou Lord Rosse. Vous saviez qu'ils ont été des précurseurs dans l'invention du télescope ?

— Je ne savais pas que vous aviez autant d'amis.

À cette remarque, le libraire fronça les sourcils, quoique sans chercher à contredire son interlocutrice. Non contente d'avoir à jamais privé son fils du plaisir de lire Dickens un jour, Mme Twist ne semblait pas se rendre compte que ce dernier n'avait pas de vie sociale. Il faillit lui demander s'il lui arrivait d'être invité à des fêtes d'anniversaire, mais la cruauté ne faisant pas partie de ses défauts ; il préféra garder le silence.

— Il ne me viendrait pas à l'idée de laisser une tripotée de gamins tout seuls pendant une nuit entière dans une librairie.

— Vous préféreriez les laisser à l'hospice ?

— Épargnez-moi votre sarcasme.

Edward inspira profondément, sa patience était mise à rude épreuve.

— Comme Oliver vous l'aura sans doute dit, deux honorables représentantes de la race adulte resteront avec lui pendant toute la nuit. Mais si vous souhaitez vous joindre à elles…

Mme Twist ne le laissa pas finir.

— Ça ne sera pas nécessaire. Clara passera le prendre demain matin avant dix heures.

Elle avait pris l'habitude de s'en aller sans dire au revoir.

— Nous allons prendre celui-ci, déclarèrent les deux adolescentes en posant *Une chambre avec vue* de E.M. Forster sur le comptoir.

M. Livingstone les scruta un instant par-dessus ses lunettes.

— Et l'autre chambre ? dit-il en désignant le présentoir où étaient exposées les œuvres de Virginia Woolf. *Une chambre avec vue* plutôt qu'*Une chambre à soi ?*

Celle des deux filles qui ne rougissait pas jusqu'à la racine de ses cheveux blonds, déclara en posant sur sa camarade un œil accusateur :

— Elle veut devenir écrivaine, et moi, j'essaie de la faire changer d'avis. Sur la quatrième de couverture du livre de Forster, il est écrit que l'héroïne trouve le courage nécessaire pour changer de vie.

— Pour être écrivain aussi il faut du courage, se défendit son amie d'une petite voix à peine audible.

M. Livingstone jeta un coup d'œil du côté de la lampe bleue, où l'écrivain à résidence était en train de remballer ses affaires.

— Il faut du courage et… une chambre à soi, fit-il remarquer. Même si certaines librairies mettent à disposition des auteurs errants quelques tables et fauteuils confortables, ainsi qu'une connexion wifi.

— Les écrivains sont des crève-la-faim. Moi, je veux être dentiste.

— Étrange occupation, fit remarquer Edward, le plus sérieusement du monde. Mais qui n'en laisse pas moins les gens bouche bée.

— Un grand livre aussi, argua la plus timide des deux.

— Comme *Les Misérables,* dit Livingstone.

— Ah ! Vous voulez dire les misérables écrivains !

— Ne faites pas attention à elle, dit la timide.

— Si ton livre n'est pas adapté au cinéma, il te rapporte des clopinettes, se défendit l'intéressée.

Était-ce parce qu'il ne voulait pas recevoir la visite d'un fantôme le soir de Noël, ou parce que les nuits sans lune et tous les bons souvenirs qu'elles évoquaient le rendaient généreux ? Toujours est-il que M. Livingstone alla chercher le livre de Virgina Woolf et le posa sur le comptoir.

— Un cadeau du père Noël, leur dit-il. Deux livres pour le prix d'un.

— Oh, merci infiniment, s'écrièrent les deux filles en souriant.

— À une condition cependant, précisa-t-il. Échangez-vous les livres et lisez-les tous les deux.

— Marché conclu.

— Marcel Prévost a dit : « La trouvaille d'un bon livre peut changer le destin d'une âme », marmonna le libraire presque dans sa barbe. Et surtout, ajouta-t-il, à voix haute cette fois, faites en sorte que vos parents ne sachent pas que vous voulez devenir écrivaines. Quel déshonneur pour votre famille !

Il se rendit ensuite quelques instants dans l'arrière-boutique, et quand il revint, il trouva Oliver dans l'escalier. Pris par surprise, le garçon s'empressa de cacher dans son dos ce qu'il tenait dans ses petites mains. M. Livingstone faillit s'étrangler de rire en le voyant prendre un air innocent.

— Oliver ?

— Je cherchais Agnes pour lui montrer quelque chose.

— Elle est sortie dîner, mais elle ne va pas tarder à revenir. Tu voulais lui montrer quoi ?

— Euh… rien, dit le gamin en gravissant à toutes jambes la dernière volée de marches.

Il y avait certaines choses concernant la vanité du monde et la nature humaine que M. Livingstone était encore capable de comprendre.

Quand Agnes arriva au Darkness & Shadow, Jasmine était en train d'étudier le menu, installée au coin du feu. M. Livingstone avait laissé partir son assistante avant l'heure de la fermeture pour qu'elle puisse passer prendre ses affaires et manger un morceau.

— Je reviendrai pour dormir, avait-elle confirmé.

— Je ne vous savais pas aussi optimiste.

— J'avais cru comprendre qu'il s'agissait de cela, de dormir sous les étoiles.

— À condition qu'Oliver ne vous rebatte pas les oreilles avec ses commentaires sur les astres.

— Il n'a que huit ans, il finira par tomber de sommeil.

— Twist est amoureux de l'univers. Pour ces gens-là, le temps, c'est l'éternité, disait Shakespeare.

Agnes s'arrêta un instant au bar pour se débarrasser de son manteau, de son bonnet, de ses gants et de l'écharpe Gryffondor que lui avait offerte Oliver – parce qu'il était trop impatient pour attendre le 25 –, et quand elle se retourna, elle n'en crut pas ses yeux : R. Cadwallader, dans toute sa flamboyante rousseur, se tenait debout devant la table de Jasmine et bavardait gaiement avec elle. Si ça n'avait pas été hautement improbable, elle aurait juré avoir vu sourire le gigantesque cuistot gallois à la lueur dansante des flammes.

— Qu'est-ce qui se passe ici ? demanda Agnes à Solomon Drake, qui venait d'apparaître derrière le comptoir avec une bouteille de rhum dans une main et deux verres dans l'autre.

— Je n'ai pas l'intention d'aller leur demander, répondit le patron du Darkness & Shadow.

Agnes observa le tatouage à l'arrière du cou de Cadwallader, et eut soudain une vision du cuisinier en pleine bataille de Catraech, brandissant une immense épée. Le rire chantant de Jasmine la tira de sa rêverie historique.

— C'est comme ça depuis le début de la semaine, commenta Michael en venant rejoindre son père derrière le bar.

— Jasmine est venue tous les jours ?

— Oui. Tous les jours.

— J'ignorais que cet homme était capable de sourire.

— Ou d'entamer une conversation qui comporte autre chose que des monosyllabes.

Agnes attendit que le grand Gallois retourne à la cuisine, puis elle s'empressa d'aller rejoindre Jasmine.

— Je vous ai vus, lui dit-elle. Vous aviez l'air de bien vous entendre.

L'étincelle dans les yeux de son amie ne lui échappa pas, lorsque celle-ci plongea ses lèvres dans sa pinte de bière pour ne pas se mettre à sourire.

— Toi et R. Cadwallader ? s'exclama Agnes, qui n'en revenait pas.

Jasmine lâcha un « hihihi » aux accents victoriens qui contrastait singulièrement avec sa forte corpulence et son caractère extraverti.

— Mais vous vous connaissez depuis une semaine à peine !

— Comme si l'amour avait à voir avec le temps.

— L'amour ! Tu as dit « amour ».

— Je ne sais pas comment c'est dans ton pays, ma chère archéologue, mais ici, sur la terre de Shakespeare, l'état amoureux est quelque chose d'absolu : soit on l'est, soit on ne l'est pas. De même qu'on ne peut pas être un peu enceinte, on ne peut pas être un peu amoureuse.

Agnes la contempla avec une sincère admiration.

— Et le R, au fait, c'est l'initiale de quoi ?

— Je ne me suis pas risquée à lui poser la question.

Jasmine avait eu quelques copains et deux relations sérieuses, mais aucun de ces messieurs n'avait laissé de traces de son passage dans la maison de Kensington. Quand Agnes s'en était étonnée, son amie s'était contentée de hausser les épaules.

— La cohabitation doit se faire naturellement, sans que l'une ou l'autre partie ait besoin de faire un effort, avait-elle déclaré. C'est sans doute pour ça que j'envisage de prendre un chat.

Michael vint prendre leurs commandes, puis s'éloigna aussitôt d'un pas rapide.

— Qu'est-ce que tu vas faire à Noël ? demanda Jasmine.

— Je vais lire.

— Excellente idée. Ma grand-mère veut que tu viennes lire dans le Surrey pendant quelques jours.

— Et toi ?

— Moi, j'ai un plan exécrable, comme tu peux l'imaginer, dit-elle en souriant. Ma grand-mère et ma tante Prudence partagent une petite maison au fin fond de la campagne, là où elles peuvent s'adonner à leurs passe-temps favoris : jouer au bridge, congédier à tout bout de champ les jardiniers qui s'occupent de leur petit cottage, et collectionner les chapeaux extravagants. Elles en sont à leur vingt-deuxième.

— Chapeau ?

— Jardinier.

— Je ne sais pas, hésita Agnes. Je ne voudrais pas m'imposer.

— Ce genre de choses n'arrive qu'entre parents proches, jamais dans une famille élargie. Ma grand-mère a très envie de te connaître. Et puis, ça m'arrangerait bien que tu viennes, à cause de Cadwallader.

— Il vient dans le Surrey, lui aussi ?

Son amie fit oui de la tête. Elle lui expliqua que le cuistot allait passer le Nouvel An chez ses parents, au Pays de Galles, mais qu'il n'avait rien de prévu pour Noël parce qu'il allait travailler presque tous les jours cette semaine-là. Quand ils avaient évoqué les fêtes, et en étaient venus à la conclusion que ce n'était pas facile d'être loin des siens à cette époque de l'année, Jasmine n'avait pas pu résister à la tentation de l'inviter chez sa grand-mère et sa tante. Et Cadwallader avait accepté.

— Vous pourriez venir ensemble par le train de midi et demi.

— Je vais apporter plein de livres, comme ça, il ne se sentira pas obligé de me faire la conversation.

— Allons, tu exagères. C'est vrai qu'il est un peu timide, mais une fois la glace brisée, c'est un vrai bonheur de parler avec lui. Parce qu'en plus, il a une belle voix.

Elle fit une pause, décocha à Agnes un regard attendri, puis leva sa pinte de bière pour trinquer.

— À ce nouveau départ !

— Aux vingt-deux jardiniers ! répondit Agnes.

Les filles arrivèrent à Moonlight Books peu après l'heure de la fermeture, avec leurs sacs de couchage, oreillers et pyjamas, ainsi qu'un kit de survie composé de biscuits, de brioches au beurre et d'un énorme thermos de chocolat chaud. M. Livingstone, qui les attendait avec ses clés à la main, hésita à rester pour participer au festin. Il se sentait le cœur léger à l'idée que de joyeux explorateurs allaient bivouaquer dans sa librairie, même s'il se garda bien de le dire. Son assistante lui présenta Jasmine, qui s'extasia sur la montre de gousset de M. Livingstone, et gagna ainsi sa sympathie.

Edward expliqua à Agnes comment fonctionnaient les serrures, le système d'alarme et le rideau de fer, puis leur souhaita une bonne et belle nuit pleine d'étoiles.

— Ah, et aussi, tenez Oliver à l'écart des œuvres d'Aristote, leur dit-il au dernier moment.

— Vous pensez qu'il est trop petit pour les comprendre ?

— Je pense que l'étagère aurait besoin d'être consolidée. Je ne voudrais pas qu'elle s'effondre sur sa petite tête blonde.

Agnes leva les yeux au ciel, puis accompagna le libraire jusqu'à la porte.

— Si vous avez besoin de quoi que ce soit… insista Edward.

— Ne vous inquiétez pas, j'ai votre numéro.

— J'allais vous suggérer d'appeler Scotland Yard.

— Haha ! Très drôle, monsieur Livingstone.

— Je me suis laissé dire que les agents là-bas étaient très attentionnés. Et que le thé au Jubilee était inclus.

— Je croyais que vous n'aimiez pas les gens de Scotland Yard.

— Je les préfère sans gilet pare-balles.

Edward lui décocha un clin d'œil, salua Jasmine d'un petit geste de la main, et sortit de la librairie.

— Bonne nuit, bonne nuit. « Se quitter est un si doux chagrin, que je dirais bonne nuit jusqu'à ce qu'il fît jour[1] », l'entendirent-elles déclamer tandis qu'il s'éloignait.

— C'est quoi cette histoire de thé avec les agents de Scotland Yard ? voulut savoir Jasmine.

— John Lockwood m'a invitée au Jubilee l'autre jour.

— Et tu ne me l'as pas dit ?

— Et toi, tu ne m'as rien dit au sujet de Cadwallader.

— Mais si.

— Oui, il y a une demi-heure, parce que je vous ai pincés en train de vous faire les yeux doux au coin du feu.

La tête d'Oliver apparut timidement en haut de l'escalier.

— Viens, je vais te présenter notre astronome, dit Agnes, et ensuite on redescendra pour se mettre en pyjama.

---

1. William Shakespeare, *Roméo et Juliette*, acte II, scène 2.

— Et comme ça, tu me mettras au courant pour Lockwood.

Agnes aurait préféré ne parler à personne de la matinée qu'elle avait passée au bras de John, sous la neige, avant de finir à Piccadilly autour d'une tasse de thé. Elle s'était sentie tellement bien sous ce parapluie bleu tandis que Londres se couvrait de blanc qu'elle avait l'impression d'avoir rêvé. John et elle s'étaient coupés du monde et, pendant quelques instants, enfermés dans une parenthèse de silence et de perfection. Elle n'aurait pas su décrire avec des mots ce qu'elle avait ressenti quand ils s'étaient dit au revoir devant la porte de Fortnum & Mason ; son hésitation, l'odeur de son after-shave quand il l'avait embrassée sur la joue, le vent qui jouait dans leurs cheveux, le temps qui s'était arrêté à cet instant précis, et autour d'eux le tourbillon de flocons blancs.

Bien qu'elle employât des mots simples, soigneusement choisis pour ne pas verser dans le sentimentalisme, Jasmine comprit ce que son amie cherchait à lui dire dès le début. Un début fragile et merveilleux comme ceux de toutes les histoires d'amour.

— Vous allez vous revoir ?

— Peut-être.

— Mais bien sûr que si, voyons.

— Tu sais prédire l'avenir ?

— Je sais beaucoup de choses, comme toi, comme John, comme toi et John quand vous êtes ensemble. Je croyais qu'on avait déjà eu cette discussion, toi et moi, sourit Jasmine. Je ne suis peut-être pas un puits de science, mais je sais quand un type en pince pour une assistante libraire.

Élégamment vêtues de pyjamas rose et blanc, elles montèrent retrouver leur petit compagnon. En grosses chaussettes de laine, Jasmine n'arrêtait pas de déraper sur le parquet ciré. Agnes se sentait parfaitement à son aise. Le génie du télescope les attendait impatiemment, chaussé d'austères pantoufles gris et noir, assorties à son pyjama de Batman. Ils déployèrent les sacs de couchage sous la verrière, éteignirent toutes les lampes de la librairie, et regardèrent chacun leur tour dans le télescope.

Oliver attirait leur attention sur telle étoile ou telle constellation, leur parlait, chiffres à l'appui, de la densité de Saturne ou des lunes de Jupiter. Il leur expliqua qu'en décembre, Orion et Taurus étaient plus faciles à localiser. Jasmine posait des questions sur les étoiles filantes, les trous noirs et les météorites. Twist répondait avec enthousiasme, consultant sa tablette et se délectant des anecdotes d'Agnes sur les divinités grecques et leur rapport aux astres.

Il y avait quelque chose de magique à partager une grosse part de brioche et une tasse de chocolat chaud sous la verrière de Moonlight Books ; de s'asseoir à même le parquet sur des sacs de couchage et d'écouter le silence des centaines de livres qui se trouvaient là ; de s'imaginer que l'éternité n'était que cela : l'attente infinie de ces ouvrages silencieux sous la nuit étoilée. Les fous rires contenus, le goût du chocolat et de l'enfance, cette sensation de toucher du bout des doigts le bonheur absolu. Un moment aussi parfait que la constellation de Cassiopée à travers le télescope d'Oliver Twist.

Fatigués, et avec la certitude qu'ils n'étaient que des points minuscules dans l'immensité de l'espace sidéral, ils se glissèrent dans leurs sacs de couchage respectifs, et le regard perdu dans le ciel nocturne, ils sentirent venir la caresse du sommeil.

— Agnes, résonna la voix flûtée d'Oliver Twist dans l'obscurité. Tu te souviens du baiser de Mme Darling, la mère de Wendy ?

— Bien sûr, intervint Jasmine. C'est dans *Peter Pan.*

— Eh bien, Vénus, elle me fait penser à ça. Parce qu'elle a beau être proche, on ne peut pas l'atteindre.

— Le baiser de Mme Darling, sourit Agnes.

— Qui sait si un jour on ne pourra pas aller là-bas, commenta Jasmine.

— J'aimerais mieux pas, dit Twist. Parce qu'elle perdrait tout son mystère. Comme quand l'arrière-arrière-arrière-arrière-grand-père de M. Livingstone a cartographié le Kalahari, qu'il a remonté le fleuve Zambèze et donné à ses chutes le nom de Victoria. Après cela, il ne restait plus rien à explorer.

Agnes était du même avis que le futur astronaute.

— Si ce n'est l'espace, gigantesque et inconnu.

— De nos jours, il ne pourrait plus y avoir d'explorateurs comme au XIXe siècle, médita Jasmine.

L'archéologue acquiesça, puis, au bout d'une minute, demanda à voix basse :

— Oliver, tu savais que pour s'orienter dans le désert du Kalahari, David Livingstone n'avait eu d'autre moyen que d'observer le ciel ? Lord Rosse, un des astronomes les plus éminents du XIXe siècle, lui avait appris à se servir d'un télescope et à cartographier la terre à partir de la carte du ciel. Tu sais qui était William Herschel ?

— L'astronome qui a découvert Uranus ?

— Tout à fait. Il était non seulement astronome, mais musicien et inventeur. Il a mis au point l'un des tout premiers télescopes. Le comte de Rosse a fabriqué les siens en s'appuyant en partie sur les travaux de Herschel, même s'il ne subsiste quasiment rien de ses plans. C'est ce télescope que l'arrière-arrière-arrière-arrière-grand-père de M. Livingstone a utilisé.

— C'est sans doute pour ça qu'il a une librairie avec un observatoire. Ce doit être génétique. En tout cas, j'ai trop aimé notre nuit sans lune, s'exclama le garçon. J'espère qu'on en refera une bientôt.

— Il faut dormir, maintenant, Oliver, murmura-t-elle.

Elles restèrent encore un moment à observer les constellations, bercées par la respiration régulière et profonde du petit astronome.

— J'ai appris plein de choses. Cette librairie est vraiment étonnante, chuchota Jasmine.

— Comme Oliver et M. Livingstone. Sioban et Caldecott.

— Je te comprendrais si tu restais ici pour toujours.

— Pour toujours, ça fait long.

— Le temps n'a rien à voir avec l'amour, lui rappela son amie. Il est impossible de ne pas tomber amoureux de ce lieu. Le jour où tu vas donner ton congé pour pouvoir poursuivre ta carrière d'archéologue, ce sera un vrai déchirement.

Agnes ne dit rien. Elle n'avait pas envie de penser aux adieux. Une étoile filante traversa le ciel, et Jasmine fit le vœu de découvrir le vrai nom de Cadwallader. Elles rirent tout bas pour ne pas réveiller Oliver, puis parlèrent de l'amour et de leurs idylles naissantes.

— J'ai des amis qui sont amoureux de l'amour, mais qui sont incapables d'aller plus loin, médita Jasmine dans l'obscurité. D'autres qui ne supportent pas d'être seuls, au point de se persuader que chaque nouvelle rencontre est forcément la bonne. Mais moi, je crois que l'état de grâce se trouve dans le début d'une histoire d'amour, au moment où l'on se regarde dans les yeux et où l'on comprend qu'on a trouvé l'âme sœur. C'est quand la quête s'achève que tout est résolu.

— Comme dirait M. Livingstone, le voyage se termine quand les amoureux se rencontrent.

Jasmine garda le silence, vaincue par la fatigue de la journée et les bons présages de la nuit. Agnes crut qu'elle parlait dans son sommeil, quand elle l'entendit demander :

— De quoi est-ce que tu as peur, Agnes ? Tous les débuts sont merveilleux.

Elle ne répondit pas d'emblée, craignant de mettre un nom sur ce qu'elle ressentait. Douillettement pelotonnée dans son sac de couchage, entre Jasmine et Oliver, elle entendait craquer doucement le vieux parquet, tandis que les étagères regorgeant de livres servaient de toile de fond à leur fantastique aventure d'exploration spatiale. Après un dernier regard au ciel sans lune, elle ferma les yeux et soupira.

— J'ai peur que tout ne soit qu'une illusion, murmura-t-elle tristement.

12

On était la veille de Noël, et une ambiance festive régnait chez Moonlight Books. Tous s'étaient mis sur leur trente-et-un pour aller assister à la remise des prix de la foire aux livres de Leadenhall Market, et le champagne coulait à flots. Sioban portait une élégante robe bordeaux assortie à la pochette que M. Livingstone arborait au revers de son blazer. Avec sa longue robe longue noire au décolleté plongeant et ses cheveux rassemblés en un volumineux chignon, Agnes s'était attiré les compliments de Charlie Caldecott.

— Vous me faites penser à Audrey Hepburn dans *Charade* ! s'était exclamé le tailleur, les yeux brillants.

Edward, qui semblait mal à l'aise dans son costume trois-pièces gris et consultait à tout bout de champ sa montre de gousset, n'était pas d'accord.

— Agnes n'a pas les cheveux aussi bruns.

Mister Magoo ne désarma pas.

— Quel piètre cinéphile vous faites, Edward ! C'est l'esprit du film qui compte, l'esprit. Ne faites pas attention à lui, très chère demoiselle ; il est jaloux parce qu'il n'a pas le physique de Cary Grant.

— Laissez-le tranquille, la nomination au prix Scrooge le met dans tous ses états, lança Sioban, un sourire taquin aux lèvres.

— Taratata, déclara M. Livingstone. C'est Sébastien qui va l'emporter, comme chaque année.

— Qui est-ce ? demanda Agnes.

— Un libraire ignorant qui fait son ronchon chaque fois qu'un client lui pose une question à laquelle il n'a pas la réponse.

— Edward ! s'indigna Sioban.

— C'est la vérité. Il prend des airs revêches pour cacher son ignorance. Il n'a aucun style.

— J'ignorais qu'on pouvait ronchonner avec style, glissa Caldecott à l'oreille d'Agnes.

Si c'était vrai, M. Livingstone, avec sa pipe éteinte dans une main et sa montre de gousset dans l'autre, avait un style bien à lui et tout à fait extraordinaire. Dans son costume impeccable, il se sentait un peu comme le Lapin blanc d'*Alice au pays des merveilles.*

— Le fait qu'il rafle chaque année le prix Scrooge, alors qu'il est d'une ignorance crasse en matière de littérature, ne manque pas de sel.

— C'est un événement commercial, pas un prix littéraire, rectifia l'éditrice.

— Où se tient la remise des prix ? demanda Agnes, en refusant une autre coupe de champagne de crainte de finir pompette.

— Au Leadenhall Market.

— Cette fascination pour les monuments victoriens est une calamité !

— Edward a une aversion pour l'architecture victorienne.

— À l'exception de Saint-Pancras, s'exclamèrent à l'unisson M. Livingstone et l'archéologue.

Ils échangèrent un regard d'estime réciproque. Tous deux se rappelaient la première visite d'Agnes à la librairie : elle revenait de Saint-Pancras, où elle avait pris le thé, et c'est son admiration pour John Betjeman qui avait séduit Edward et l'avait décidé à lui offrir le poste d'assistante chez Moonlight Books. Bien que deux mois à peine se fussent écoulés depuis, elle et lui avaient l'impression de se connaître depuis toujours. Certains après-midi, Edward prenait du temps libre, laissant son assistante s'occuper seule de la librairie. Il prenait d'abord le thé avec elle et Oliver, puis sortait faire le tour de ses librairies préférées, comme Hatchards ou la London Review Bookshop.

— Il faudra que vous veniez un jour avec moi à Heywood Hill, proposait-il fréquemment à Agnes. Nancy Mitford[1] a travaillé là-bas pendant la Seconde Guerre mondiale. Elle gagnait trois livres sterling par semaine.

— Et à Notting Hill ?

M. Livingstone grommela, outré :

— C'était une bonne librairie, jusqu'à ce qu'on y tourne ce film qui a attiré les touristes par dizaines. Vous saviez que Jane Austen, Lord Byron et Oscar Wilde, entre autres, étaient des clients assidus de

1. Romancière britannique de l'entre-deux-guerres.

Hatchards ? Un jour, nous fermerons Moonlight Books et je vous emmènerai faire le tour des librairies londoniennes les plus remarquables.

— Vous allez fermer la librairie ? s'alarma Oliver, qui avait entendu leur conversation.

— Désolé, mais tu devras te rabattre sur le planétarium.

— Ils ne me laissent pas entrer seul.

— Une énorme, quoique guère surprenante, erreur de jugement de leur part. Mais quoi qu'il en soit, il faut que cette demoiselle connaisse les rudiments du métier de libraire.

— Je veux venir, moi aussi. Je ne veux pas devenir libraire, mais j'aime lire.

— Ah, mon cher Twist, déclara M. Livingstone tel Laurence Olivier interprétant Hamlet, « pour rêver, il ne faut pas fermer les yeux. Il faut lire[1] ».

Agnes avait l'habitude de l'entendre disserter sur la littérature des siècles passés, raconter des anecdotes à propos des écrivains, conseiller de nouvelles lectures puisées dans le réservoir intarissable des merveilles inexplorées. Avant de faire la connaissance de M. Livingstone, elle n'avait guère lu de romans. Elle lisait principalement des essais scientifiques, archéologiques, historiques ou anthropologiques, et n'avait pas de temps à consacrer aux œuvres imaginaires ou à la poésie. Chez Moonlight Books, elle avait eu l'occasion de s'immerger dans les poèmes de Wordsworth,

1. Michel Foucault.

Shelley, Milton, Keats… grâce aux excellents conseils d'Edward, qui lui montrait la voie et lui évitait ainsi de s'égarer dans des terres inconnues.

Mais surtout, elle avait pris la plaisante habitude de manger avec Jasmine – à la maison, à Saint-Pancras ou au Darkness & Shadow, selon les horaires de travail de son amie –, avant de traverser les jardins du Temple pour se rendre à la librairie. Les clients habituels de M. Livingstone, le thé de cinq heures avec Oliver, les lectures dans le coin des romantiques, la présence silencieuse de l'écrivain résident sous la lampe bleue, les fréquentes visites de Sioban… Tout cela faisait à présent partie de sa vie londonienne – de petits gestes quotidiens qui lui procuraient un bonheur discret, sans surprise.

Charlie Caldecott (qui en avait assez d'entendre se lamenter son hôte sur l'engouement pour la mode victorienne qui, selon lui, se serait emparée de tous les lecteurs de la ville) demanda :

— Vous auriez préféré le Royal Albert Hall ?

— Je vous ferai grâce de mon opinion, répliqua le libraire dans un grognement.

— Vous connaissez Leadenhall ? demanda Sioban à Agnes. La jeune fille secoua la tête. Vous allez adorer. Et Oliver aussi. C'est là-bas qu'ont été tournées les scènes du chemin de Traverse de *Harry Potter*. Nous devrions être de retour à dix-neuf heures.

Dehors, une silhouette corpulente tenta sans succès d'ouvrir la porte verrouillée de la librairie, puis frappa de petits coups contre la vitre pour attirer l'attention. C'était Mme Dresden et ses inimitables boucles violettes.

— Vite, éteignez la lumière, suggéra Caldecott.

— Trop tard, dit M. Livingstone en allant ouvrir. Madame Dresden ! La librairie est fermée, ainsi que l'indique la pancarte, et nous sommes sur le point de partir.

— Mais, il s'agit d'une urgence. Je viens de terminer *The Whistling Season*, soupira la brave femme. Et je me sens orpheline en ce soir de Noël.

M. Livingstone considéra d'un œil attendri son manteau en fourrure synthétique, ses grosses pantoufles et ses horribles chaussettes à motifs de poussins, et il eut l'impression que l'esprit des Noëls à venir lui envoyait un message.

— Bien. Attendez-moi là.

— Un peu de champagne, madame Dresden ? proposa Sioban pour la faire patienter.

— Ce n'est pas de refus. Vous savez ce que c'est, l'angoisse, quand on n'a plus rien à lire.

— Oh oui, j'ai une maison d'édition.

— L'autre jour, j'ai parlé avec un éditeur.

— Un éditeur connu ?

— Je ne lui aurais jamais adressé la parole si nous n'avions pas été présentés, dit la femme. Il m'a confié qu'il était sur le point de publier un roman tellement consternant que tous ceux qui le liraient auraient envie de se suicider.

— Mais pourquoi le publie-t-il, dans ce cas ?

— Parce qu'il est écologiste.

Le moment était mal choisi pour partir à la recherche d'une lecture salvatrice pour cette cliente si particulière – M. Livingstone n'employait jamais le mot « attendrissante » – mais la librairie allait être fermée pendant plusieurs jours, et Edward s'en voulait de ne pas avoir été plus prévoyant. Il aurait dû penser à laisser à Mme Dresden un nombre suffisant de romans pour les fêtes, mais il avait la tête dans les nuages à cause de la nouvelle édition illustrée de *La Légende de Sleepy Hollow.* Soudain, la voix d'Oliver Twist l'interrompit dans ses pensées :

— Monsieur Livingstone ?

Le gamin portait un smoking fait sur mesure et semblait avoir eu la main lourde sur la gomina quand il s'était peigné. Quand Clara, l'aide-ménagère de sa mère, l'avait déposé à la librairie une demi-heure plus tôt, il portait son jean habituel avec un sweat-shirt *The Big Bang Theory*, mais il était monté se changer à l'étage.

— Qu'est-ce que tu portes ? On dirait Biboundé, le pingouin de Michel Gay.

— Il faut que je vous avoue quelque chose.

Edward ôta ses lunettes et posa sur le petit pingouin un regard débordant de tendresse. Oliver fit la moue, lui tendit un paquet soigneusement enveloppé dans du papier de soie, et fondit en larmes.

— Je vous demande pardon, monsieur Livingstone.

Edward saisit le paquet et fit une chose que, plus tard, il mit sur le compte d'un grave manque de concentration : il prit le gamin dans ses bras et le serra tendrement contre lui.

— Mon cher Oliver Twist, dit-il d'une voix brisée par l'émotion. Il n'y a rien à pardonner.

— Je voulais le remettre à sa place, sanglota Oliver, mais il y a sans arrêt des gens qui entrent et qui sortent de la librairie. Et quand je suis venu passer la nuit ici avec Agnes et Jasmine, j'ai complètement oublié.

— Ah, les constellations ! Tu avais la tête dans les étoiles, Twist.

M. Livingstone rompit son étreinte et tendit au garçon sa jolie pochette de poitrine bordeaux. Sioban comprendrait sûrement quand il lui expliquerait la raison de ce sacrifice. Tandis que le petit essuyait ses larmes, il déballa le paquet et s'assura qu'il s'agissait bien du journal de son ancêtre : *Observations cartographiques, zoologiques, botaniques et géologiques du sud de l'Afrique (1849-1851).*

— Vous n'avez pas l'air surpris, observa Oliver en se mouchant.

— Je me doutais que c'était toi. Tu es la seule personne capable d'imaginer un crime parfait. La serrure de la vitrine était intacte.

— J'ai trouvé un tuto sur YouTube sur comment ouvrir une serrure avec une paire de pinces.

— Qui voudrait que Sherlock Holmes puisse avoir accès à YouTube ? médita Edward.

— Vous pensez que je suis un délinquant ?

— Je crois que tu as des capacités cérébrales hors norme, et j'ose espérer que tu sauras les utiliser à bon escient. J'ai bien peur que tu ne puisses pas marcher sur les traces de ta mère.

— Je voulais juste le lire.

— Je sais.

— La vitrine était trop haute, je ne pouvais pas le voir. J'ai dû monter sur votre présentoir de livres illustrés pour forcer la serrure. Mais j'ai fait attention à ne rien abîmer, s'empressa-t-il d'ajouter en voyant sursauter son interlocuteur.

— Pourquoi est-ce que tu ne me l'as pas demandé ?

— Je l'ai fait. Mais vous m'avez répondu que ce n'était pas un livre pour enfants.

— C'était il y a longtemps, quand je ne te connaissais pas encore vraiment.

— Vous ne vouliez pas que je reste dans votre librairie.

— Mais rien n'est immuable, n'est-ce pas ?

Le gamin lui adressa un regard plein d'espoir.

— Si tu me demandes, à l'avenir… dit M. Livingstone. Quiconque te connaît et t'apprécie, mon cher Twist, ne peut que te souhaiter de ne pas passer tes journées enfermé entre quatre murs avec pour seule compagnie des livres et des adultes.

— J'aime les livres.

— Oui, et ils sont moins ennuyeux que les adultes.

— Les adultes ne sont pas tous ennuyeux. Agnes, par exemple…

— Agnes ne compte pas, c'est une fée. Tu as remarqué comment elle lit *Peter Pan* ?

L'esprit cartésien d'Oliver s'insurgeait contre cette idée fantasque, mais il s'abstint de contredire le propriétaire de l'objet qu'il avait gardé en sa possession pendant presque deux semaines sans demander la permission. Il se sentait encore plus coupable que la fois où il avait oublié de rapporter *Voyage au centre de la Terre*, de Jules Verne, à la bibliothèque.

— Je propose que nous fassions un pacte, déclara subitement le libraire. On oublie cette histoire de journal si tu me promets d'amener un ami de temps en temps.

— Je n'ai pas d'amis.

— Allons donc ! Une verrière pyramidale à faire blêmir le Louvre d'envie, un télescope, un tas de romans graphiques, du thé et des brioches pour le goûter, une fée aux pieds nus qui lit magnifiquement les histoires d'aventures… Si tu consacrais ne serait-ce qu'un dixième de tes cellules grises à chercher un moyen de te faire des amis au lieu d'étudier les anneaux de Saturne…

Du rez-de-chaussée, la voix de Sioban claironna :

— Oliver ! Edward ! Descendez tout de suite, sinon, on part sans vous. La voiture est là.

M. Livingstone prit le petit pingouin par la main.

— Au fait, comment as-tu trouvé le journal ?

— Fabuleux, sauf les passages sur la religion, quand David essaie de persuader les Bakwenas qu'invoquer les dieux pour faire tomber la pluie ne sert à rien.

— C'est vrai, approuva le Livingstone du XXIe siècle. Pour un Écossais de cette époque, les danses rituelles n'avaient aucun sens.

Edward lui promit qu'ils continueraient de discuter du journal plus tard. Il lui dit de descendre rejoindre Sioban et se dépêcha de choisir quelques titres pour Mme Dresden. Quand il regagna le rez-de-chaussée, tout le monde était parti, sauf elle.

— Tenez, dit-il à la vieille dame avec son plus beau sourire. C'est mon cadeau de Noël. Avec toute ma gratitude pour votre fidélité durant toutes ces années. Je ne sais pas ce que je ferais sans nos discussions échevelées.

Mme Dresden prit les livres des mains du libraire et en lut les titres à voix haute.

— *Et c'est comme ça qu'on a décidé de tuer mon oncle* de Rohan O'Grady. *Les Enfants fichus* d'Edward Gorey. (Émue, elle leva un regard extatique vers M. Livingstone.) Oh, merci ! Ils ont l'air merveilleux.

— Comme vous, madame Dresden.

Edward eut l'impression de l'entendre pousser un long « ohhh » délicat comme un soupir. Elle serra les deux livres contre sa poitrine, et ses yeux brillèrent comme s'ils avaient reflété toutes les lumières de Noël.

— Joyeux Noël, monsieur Livingstone !

— Joyeux solstice d'hiver à vous aussi, chère madame !

Il referma la porte derrière elle, alla remettre le journal de son ancêtre dans la vitrine et éteignit toutes les lumières. Il contempla sa librairie plongée dans la pénombre. Tout était de nouveau en ordre en ce monde, songea-t-il, satisfait.

Il se dépêcha d'enfiler son manteau, jeta un coup d'œil à sa montre, puis sortit dans la rue et abaissa la grille. Dans le taxi, Sioban s'impatientait.

— Rien ne sert de courir ! lui cria M. Livingstone, d'excellente humeur.

— Il faut partir à point ! acheva Sioban en citant La Fontaine.

Son rire joyeux résonna dans les rues désertes du Temple la veille de Noël.

13

Établi au milieu du XVIe siècle dans Gracechurch Street, Leadenhall Market est l'un des plus anciens marchés de Londres. Maintes fois remanié au fil du temps, il doit son style actuel à la politique de mise en valeur des éléments architecturaux et décoratifs du XIXe siècle. Il se dégage de ses galeries couvertes un charme envoûtant. Située au cœur de la City, dominée par les tours d'acier et de verre, c'est une oasis de paix qui transporte les visiteurs hors du temps.

M. Livingstone aimait bien Leadenhall, en particulier à l'automne, quand la douce lumière de l'après-midi filtrait à travers ses immenses verrières. Il trouvait le lieu tellement décadent et romantique, tellement chargé de souvenirs glorieux du temps passé, qu'il se surprenait parfois à imaginer Geralt de Riv[1] en train de prendre le thé dans l'un des nombreux petits cafés qui se trouvaient là. Au fond, il n'était pas mécontent que les films de la saga *Harry Potter* aient contribué à situer le Chaudron Baveur et le Chemin de Traverse

1. Personnage principal du roman *Le Sorceleur* d'Andrzej Sapkowski.

dans ces passages couverts. Une ou deux après-midi par mois, il s'autorisait à quitter Moonlight Books de bonne heure pour venir fureter dans les librairies, papeteries et boutiques de souvenirs qui peuplaient ce drôle de marché.

En cette veille de Noël, l'extraordinaire lumière qui tombait des verrières conférait à Leadenhall Market une atmosphère féérique. La remise des prix se faisait sur la place centrale du marché, au croisement des quatre galeries, devant The Pen Shop. Les organisateurs, optimistes, avaient sorti des dizaines de chaises pliantes et installé une petite estrade. Mais en dépit de l'heure avancée, le public était peu nombreux. Seuls Oliver et Agnes semblèrent s'en étonner.

— Cette année, il y a foule, observa M. Livingstone quand Oliver lui en fit la remarque.

— Plus que pour les prix de cricket, commenta Caldecott en clignant de ses petits yeux.

Sioban exultait, rayonnante comme un matin de printemps. Elle allait et venait, saluant les uns et les autres. Une légère rougeur lui montait aux joues quand on la félicitait sur sa publication prochaine de la correspondance de Tolkien, et ses doigts se mettaient à trembler à l'idée qu'elle était sur le point de réaliser son rêve le plus fou. M. Livingstone, quant à lui, s'efforçait de ne croiser le regard de personne et répondait par un grognement aux salutations de ses challengers.

La remise des Bookers Prizes peut sembler déroutante pour qui ignore qu'il s'agit d'un vieux rite londonien tenu quasi secret par tous les amoureux des livres et des librairies. Créée à l'initiative du roi George IV (alors Prince de Galles), à l'époque de la Régence, afin d'encourager le développement des imprimeries et des maisons d'édition, ce n'était au départ qu'un banquet donné par un conseiller royal au cours duquel on remettait des décorations et quelques pièces d'argent à des travailleurs du livre qui ne mangeaient pas toujours à leur faim. Au fil des ans, le représentant royal avait disparu, cédant sa place à l'Association des Libraires et éditeurs de Londres. Vers le milieu du XIXe siècle, les récompenses étaient devenues des aides financières accordées aux éditeurs et libraires qui soutenaient le gouvernement. Plus tard, et à partir des Années folles – sans doute en raison d'un excès de champagne et de charleston, aurait dit M. Livingstone –, la cérémonie avait pris un tour nettement plus burlesque.

Les récompenses décernées étaient le prix du Chapelier fou, pour l'éditeur le plus excentrique de l'année ; le prix Eärendil pour le catalogue éditorial le plus féerique (une façon poétique de désigner « le catalogue le moins rentable » selon Sioban), le prix Tempête et Passion pour la librairie la plus romantique, et le prix Scrooge pour le libraire le plus grincheux, catégorie dans laquelle M. Livingstone était nominé chaque année sans jamais l'emporter.

À part Edward, qui les avait informés qu'il s'agissait d'un vieil animateur d'émissions culturelles dans les années quatre-vingt, personne ne connaissait le maître de cérémonie. Agnes était en train d'observer le podium d'un œil distrait, quand Oliver lui murmura à l'oreille :

—Qu'est-ce que c'est barbant ! Quand est-ce qu'ils vont appeler M. Livingstone ?

—Ça ne devrait plus être bien long. Sioban a dit qu'on serait rentrés à sept heures.

Le garçon consulta sa montre.

—Moi, je ne trouve pas qu'Edward soit grincheux, confia-t-il à son ami, même s'il fait tout pour en avoir l'air.

—Chut, dit Agnes. Il ne faut pas qu'il t'entende. Il aimerait bien avoir le prix.

—Et pour conclure, le prix Scrooge ! annonça le maître de cérémonie avec un sourire las. C'est notre lauréate de l'an passé, Diana Trewlany, qui va le remettre au gagnant.

Mme Trewlany affichait une expression si adorable qu'on ne l'aurait jamais soupçonnée d'être une harpie. Elle monta sur le podium et s'empara du prix que lui tendait le présentateur. Agnes regarda M. Livingstone, mais ce dernier semblait absorbé dans la contemplation des voûtes du plafond. Sioban le tenait par la main, un léger sourire aux lèvres.

—Et le prix Scrooge du libraire le plus grincheux est pour… Edward Livingstone de Moonlight Books ! s'exclama la femme avec enthousiasme.

Tous les habitués de la librairie se levèrent comme un seul homme et applaudirent à tout rompre. Prenant l'air surpris, Edward se laissa étreindre et embrasser (en dépit de sa légendaire misanthropie) par tous ses admirateurs. Entouré des quatre personnes vivantes auxquelles il tenait le plus au monde, il songea que sa véritable récompense n'était pas de recevoir le prix Scrooge, mais d'être venu ici en leur compagnie. Bien que peu enclin à l'introspection, même quand l'année était sur le point de s'achever, il s'aperçut qu'il éprouvait une affection sincère pour ses amis. Puis il se demanda s'il n'était pas trop vieux pour continuer à garder ses distances avec le reste de l'humanité. Il se leva avec une certaine solennité, embrassa Sioban, et monta sur le podium pour recevoir la statuette d'Ebenezer Scrooge des mains de Mme Trewlany.

La cérémonie achevée, ils déposèrent d'abord Charlie Caldecott devant le très sélect club Almack, où il avait coutume de réveillonner en famille chaque 24 décembre, puis Oliver chez lui. Mme Twist, sublime dans son rôle de Milady de Winter, derrière les rideaux de sa maison de style Tudor, ne prit même pas la peine de sortir pour leur souhaiter un joyeux Noël.

Tandis que la voiture reprenait son chemin, Sioban demanda à Agnes :

— Tu as quelque chose de prévu ce soir ?

— Rien du tout, mais demain, je vais dans le Surrey passer quelques jours avec Jasmine et sa famille.

— Ah, la mythique campagne anglaise ! Tu vas avoir l'impression d'entrer dans un roman de D.E. Stevenson.

— Dans ce cas, je vais m'y plaire.

— Pourquoi ne viens-tu pas réveillonner avec nous chez les Lockwood ?

— Mais bien sûr, approuva l'heureux gagnant du prix Scrooge, se mêlant à la conversation. Personne ne devrait être seul le soir de Noël.

— Prends garde à ne pas tenir de tels propos publiquement, trésor, dit Sioban. Sinon, le jury va changer d'avis.

— Venez dîner avec nous, Agnes. Comme ça, John va pouvoir parler d'autre chose que des contes de Chaucer[1] avec quatre vieux croûtons.

— David, le mari d'Anne, est médecin, et je ne pense pas que ce soit un de ses thèmes de prédilection, fit remarquer Sioban.

— Et pourquoi pas ? À l'époque de Chaucer, les épidémies de peste étaient fréquentes.

Agnes fit oui de la tête, son cœur s'emballant soudain à l'idée de dîner en compagnie de John. Ils ne s'étaient pas revus depuis qu'ils avaient pris le thé au Jubilee Salon. M. Livingstone la tenait régulièrement au courant des progrès de l'enquête concernant le journal disparu, mais ces derniers jours, celle-ci semblait au point mort, et elle en était venue à se dire que l'inspecteur de police allait disparaître à jamais de leurs vies dès que toute la lumière aurait été faite sur cette affaire.

Tandis qu'ils roulaient dans les rues quasi désertes de Holborn (les Lockwood vivaient non loin du musée Dickens, apparemment), elle se mit à penser aux yeux bleus de John, et une douce sensation de chaleur l'envahit quand elle revit ses mains puissantes tenant ferme-

1. Auteur du Moyen Âge célèbre pour ses *Contes de Canterbury.*

ment le parapluie dans la tempête de neige, ou repoussant doucement une mèche de cheveux de devant ses yeux. À l'idée de se retrouver de nouveau en présence de ce regard plein de promesses, de cette voix douce et profonde, elle fut prise d'un doute : et si tout ceci n'était qu'un mirage ?

— L'amour, comme la toux, ne peut pas se contenir, lui avait dit une fois M. Livingstone au détour d'une citation d'Ovide.

Mais ce qu'Agnes avait ressenti, durant cette extraordinaire matinée qu'ils avaient partagée sous le ciel tourmenté de Londres, n'avait rien à voir avec la toux.

Le taxi les déposa devant la maison des Lockwood, un charmant édifice en brique apparente et fenêtres cintrées réchampies de blanc cassé à la mode édouardienne. Dès que Sioban sonna, Anne accourut pour leur souhaiter la bienvenue, un sourire rayonnant aux lèvres. M. Livingstone, accroché à sa statuette d'Ebenezer Scrooge comme à une planche de salut, subit en silence les chaleureuses embrassades de leur hôtesse.

— Entrez, entrez donc, les invita-t-elle pleine d'entrain. Il fait un froid de loup ! Agnes, je suis ravie que tu aies décidé de venir, Sioban m'a beaucoup parlé de toi.

Ils ôtèrent leurs manteaux dans l'entrée, et après que Sioban lui eut assuré qu'elle ne risquait absolument rien, Edward se laissa convaincre de laisser sa récompense dans la poche du sien.

— Je crois que vous connaissez tous John. Voici mon mari David, dit Anne en faisant les présentations.

Et voici Sarah, dit-elle en passant son bras autour de la taille d'une jeune fille qui aurait pu être la doublure de Miss Fisher[1], la fiancée de mon fils John.

Il y eut un petit échange de salutations, baisers et félicitations, tandis que David Lockwood servait l'incontournable punch de Noël. La soudaine pâleur du visage d'Agnes, qui affichait un sourire tremblant tandis que John devenait rouge comme un volcan prêt à entrer en éruption, n'échappa pas à M. Livingstone. Profitant de ce que Sioban avait monopolisé l'attention des autres convives, il se pencha vers le policier et, furieux, lui murmura à voix basse :

— Je croyais que vous étiez d'accord pour jouer le rôle du héros dans cette histoire.

L'homme haussa les épaules, incapable de détacher son regard de l'assistante du libraire, que David bombardait de questions sur sa vie à Londres.

— Vous m'écoutez ? s'emporta M. Livingstone.

— Ce n'est pas ce que vous croyez.

— Votre mère aurait-elle un autre fils prénommé John ?

— Mais non, voyons.

— Dans ce cas, je ne vois pas de quiproquo. Mais enfin, où avez-vous la tête ? Et avec Phryne Fisher par-dessus le marché ! Je parie qu'elle est armée.

— Elle s'appelle Sarah, répondit le jeune homme qui n'avait pas la moindre idée de qui était cette Miss Fisher

1. Détective privée, héroïne d'une série télévisée australienne.

ni pourquoi M. Livingstone pensait qu'elle devait être armée. Et ce n'est pas ma fiancée.

— Vos parents ont l'air convaincus du contraire.

— Parce qu'elle l'a été. Mais elle ne l'est plus.

— Fichtre, comme vous maniez bien les nuances de la conjugaison. Depuis quand ? Deux minutes ? Depuis que vous avez vu entrer Agnes, qui est devenue blanche comme la dame de Shalott[1] ? Si j'avais un gant, croyez bien que je vous défierais en duel sur-le-champ, inspecteur Lockwood.

— Je ne suis pas le méchant de l'histoire.

— … dit le fiancé de Phryne avec un air de chien battu en regardant la fée aux pieds nus.

— Edward, intervint Sioban quand Anne et Sarah sortirent du salon pour aller chercher les amuse-bouche. Qu'est-ce que tu es en train de dire à ce malheureux John ? On dirait qu'il va faire une crise cardiaque.

— Ah ! Si seulement il était pourvu d'un tel organe !

— Monsieur Livingstone, si vous me permettez, j'aimerais m'entretenir quelques instants avec Agnes…

— Pour cela, il faudra que vous me passiez sur le corps !

— Edward, je pense que John devrait la délivrer des griffes de son père. La pauvrette n'a pas l'air bien.

— C'est à cause du coup de poignard qu'elle a reçu en plein cœur.

— Mais enfin, trésor, qu'est-ce qui te prend ? Où est passé ton célèbre flegme anglais ?

1. Poème d'Alfred Tennyson, inspiré d'une légende arthurienne.

— Il s'est noyé dans mon sang écossais.

— Ce n'est pas parce que tu as eu ton prix Scrooge, que tu dois te sentir obligé d'en rajouter.

— Monsieur Livingstone… tenta de s'expliquer John.

— Je n'arrive pas à croire que j'aie pu me tromper à ce point à votre sujet, se lamenta le libraire. Avec des flics tels que vous, pas étonnant que Scotland Yard n'ait pas réussi à démasquer Jack l'Éventreur. Ce qui me surprend, en revanche, c'est que vous n'ayez pas été ses compagnons de débauche.

— À table ! lança Anne, qui reparut avec un plat de palourdes au vin blanc et une assiette de canapés, tandis que Sarah déposait sur la table un assortiment de spécialités anglaises.

— John, mon cœur…

— « Vous ne savez pas combien mon cœur est malade[1] », récita M. Livingstone entre ses dents.

— Ça sent délicieusement bon, sourit Sioban en entraînant son libraire préféré vers la table.

— « Il y a quelque chose de pourri au royaume de Danemark[2] », insista ce dernier.

Agnes, assise à côté du père de John, semblait sur le point d'éclater en sanglots. Et M. Livingstone doutait que ce fût à cause de l'assommante conversation du médecin.

— John, assieds-toi. Je te sers quelque chose ?

1. William Shakespeare, *Hamlet*
2. *Ibid.*

— Non, c'est…

— J'ai assisté à un congrès à Barcelone il y a quelques années, poursuivait l'infatigable David Lockwood. J'ai bien aimé la ville. En particulier, cette tour comme celle de la City. Comment s'appelle-t-elle déjà ?

— Les palourdes sont délicieuses cette année. Comment s'est passée la remise des prix ? demandait Anne.

— « Là où nous sommes, il y a des poignards dans le sourire des hommes[1]. »

— Mon cœur, je pense vraiment que…

— C'est *Hamlet*, si je ne m'abuse ?

— J'ai changé de prince, même si la trahison reste d'actualité.

— Edward !

C'est alors qu'au milieu de ce fatras de propos décousus qui s'échangeaient autour de la table, il se passa simultanément plusieurs choses : M. Livingstone poussa un cri lorsque Sioban lui décocha un coup de pied sous la table ; Anne, stressée par cette avalanche de citations et par John qui semblait pétrifié, renversa en partie le jus des palourdes sur les genoux de son époux ; Agnes bredouilla qu'elle avait une migraine épouvantable et préférait partir ; John, convaincu que l'enfer était un dîner de réveillon chez ses parents, refusa de s'asseoir malgré l'insistance de Sarah et de sa mère.

— Je ferais vraiment mieux de partir.

1. William Shakespeare, *Macbeth*, acte II, scène 4.

— Anne ! Attention, voyons ! Ma veste est toute tachée.

— À présent, tu me soumets à la discipline de la violence, mais ce n'est pas contre moi que tu devrais diriger ta colère.

— Richard III ?

— Edward Livingstone, pour vous servir.

— Alors, personne ne va goûter mes palourdes ?

— Ils ont trop peur que tu les leur renverses sur la tête.

— Si vous voulez bien m'excuser, je ne me sens pas bien.

— C'est à cause de ce maudit prix Scrooge !

— Silence vous tous ! cria John pour se faire entendre dans tout ce tintamarre. Accordez-moi un instant, je vous prie. Papa, arrête de geindre, ce n'est jamais qu'un peu de jus. Et toi, Maman, calme-toi s'il te plaît, ce sont des amis qui sont venus dîner, pas les hommes de Lord Chamberlain. Ne te laisse pas noyer sous les élucubrations littéraires de M. Livingstone. En temps normal, c'est une personne tout à fait fréquentable. Tout ce qui arrive ce soir est de ma faute. Agnes…

Le policier s'approcha de la jeune fille, lui prit la main et l'obligea à se lever. Il y avait dans ses yeux une tristesse infinie, une lassitude qu'il ne se souvenait pas avoir vue le matin où il l'avait rencontrée à Hyde Park, sous la neige.

— Agnes, je suis désolé. Il faut que je te parle…

— C'est la fille au parapluie ! s'écria Sarah, qui venait de tout comprendre.

— Agnes et moi devons nous absenter, dit John le plus calmement du monde. Sarah, tu vas tout leur expliquer quand nous serons sortis.

— Mais enfin, John… C'est Noël…

— Où est-ce que vous allez ?

Profitant de l'effet de surprise et du fait que M. Livingstone s'était miraculeusement tu, Lockwood s'empressa de quitter la salle à manger, de décrocher son manteau et celui d'Agnes de la patère, puis d'entraîner la jeune fille au-dehors. Juste avant qu'ils ne sortent dans la nuit froide et brumeuse, il entendit Sarah annoncer :

— Écoutez-moi, j'ai quelque chose à vous dire !

Edward déclara qu'il y avait longtemps qu'il n'avait pas assisté à un réveillon aussi réjouissant.

— Et vous n'avez pas encore goûté mes palourdes ! résonna la voix d'Anne, qui avait retrouvé son assurance.

14

Force fut de reconnaître à Edward Livingstone que l'inspecteur Lockwood possédait un certain panache. Dès que John et Agnes eurent quitté la scène, Sarah prit la parole pour dissiper un terrible malentendu incluant une mutation à Hong Kong, un désamour mutuel et l'annulation de projets de mariage. Profitant de ce que l'attention de M. et Mme Lockwood était entièrement tournée vers Miss Fisher, Sioban vida discrètement l'horrible punch qu'on leur avait servi dans le pot d'un ficus qui se trouvait là, rinça les verres avec de l'eau claire, les vida de nouveau dans la jardinière, puis les remplit de vin blanc.

— Tu savais que John était raide dingue d'Agnes ? demanda-t-elle à voix basse à Edward.

— Chut ! Laisse-moi écouter jusqu'à la fin. C'est absolument passionnant !

— Qu'est-ce qu'il y a de passionnant ? Ça va faire trois fois qu'elle nous répète qu'elle a été promue chez Ogilvy & Mather.

— Elle garde le meilleur pour la fin, quand elle résout le meurtre.

— Mais ce n'est pas la vraie Miss Fisher, voyons.

— Depuis quand as-tu perdu le sens de la fantaisie ?

— Depuis que je fréquente des écrivains.

Voyant que le « passionnant » discours n'en finissait pas, Sioban se servit des palourdes à la marinière. C'est vrai qu'elles étaient délicieuses. Il faudrait qu'elle complimente son amie lorsque celle-ci aurait terminé de bombarder de questions son ex-future belle-fille.

— Tu sais où sont allés John et Agnes ? demanda-t-elle à Edward tout en lui passant une assiette de canapés qui n'avaient pas l'air de la première fraîcheur.

— À Troyes ?

— Arrête de faire l'idiot ! S'il y a quelqu'un qui connaît les circonstances de l'enlèvement de la belle Hélène sur le bout des doigts, c'est bien toi. Tu étais dans tous tes états il y a cinq minutes.

— Je suis dans tous mes états depuis que j'ai appris à lire, très chère. Mais je suppose que tu te réfères à la moutarde qui m'est montée au nez quand j'ai cru que l'inspecteur était en train de jouer avec les sentiments de mon assistante…

L'éditrice songea qu'elle avait vu juste, et cela lui fit chaud au cœur. Edward, le libraire acariâtre, le collectionneur enragé de beaux livres, l'unique habitant de la planète à passer son temps dans la lune, avait été capable de voir le monde autrement. Non seulement il avait su voir l'admiration que John portait à

Agnes – chose que même Sioban, qui se piquait de posséder une sensibilité hors pair grâce à la littérature, n'avait pas remarquée –, mais il s'était dressé, avec une passion toute shakespearienne, en ardent défenseur de l'honneur de la jeune fille. Ainsi, ce misanthrope introverti et maniaque était encore capable de la surprendre en brandissant fièrement la bannière de la justice amoureuse. Cachant l'émotion que cette pensée lui procurait, elle lui prit la main sous la table.

— Qu'y a-t-il ? s'étonna M. Livingstone.

— Rien, répondit-elle en pensant « tout ».

Lorsqu'ils prirent congé des Lockwood, après avoir écouté Anne et Miss Fisher se répandre mille fois en excuses, Edward et Sioban montèrent dans le taxi qui les attendait dehors. Tandis que la voiture roulait doucement dans les rues quasi désertes, le cœur de l'éditrice dansait la rumba dans sa poitrine. Ils passaient devant la gare de Paddington, en direction de Notting Hill, quand, prise d'une soudaine inspiration, Sioban dit au chauffeur de les laisser devant les jardins de Kensington. Saisissant fermement la main d'Edward, elle l'entraîna vers le portail en fer forgé.

— Non pas que l'idée de mourir congelé dans une nappe de brouillard à la porte de ces magnifiques jardins me déplaise, dit M. Livingstone avec son flegme habituel, mais, sur une échelle de un à dix, à combien évaluerais-tu ton degré d'ébriété ?

— Chut, Edward. Ça n'a rien à voir avec le vin.

Sioban lui tendit ses chaussures à talons et commença à escalader le portail avec une surprenante facilité. Lorsqu'elle fut de l'autre côté, elle lui réclama ses escarpins et lui ordonna de l'imiter. M. Livingstone se fit prier. Qu'un libraire anglais épris de romantisme sautât par-dessus la clôture du cimetière de Highgate pour pleurer en cachette sur la tombe de sa maîtresse, passait encore, mais s'exposer au froid et à l'humidité d'une nuit de décembre pour visiter un jardin botanique ne présentait qu'un intérêt relatif…

— Ma très chère, au cas où un représentant de la loi nous verbaliserait pour infraction, je te rappelle que, ces temps-ci, nous n'entretenons pas les meilleures relations avec Scotland Yard.

— Tu ne vas pas te défiler, au moins ?

— Bon, bon, tout amant est un soldat sur le champ de bataille.

— Tu te décides à sauter, ou tu comptes passer toute la nuit ici à réciter Ovide ?

Il lui en coûta un peu plus qu'à sa bien-aimée pour franchir la haute grille en fer forgé qui protégeait les jardins de Kensington des rôdeurs nocturnes et autres poètes victoriens. Lorsqu'il y fut parvenu, il lissa son manteau et décocha un regard triomphant à son éditrice chérie, qui dut faire un effort pour ne pas éclater de rire.

— Ce n'est pas dans ces jardins que Peter Pan s'est perdu ? demanda-t-elle en passant son bras sous celui d'Edward et en commençant à s'enfoncer dans le parc.

— Il ne s'est pas perdu, rectifia M. Livingstone. Peter n'était pas un enfant perdu. Il a sauté de sa poussette et abandonné sa nounou lorsqu'il a compris que les adultes attendaient de lui qu'il grandisse. Mais il est exact qu'il est venu en ces jardins. Il y a une statue qui lui est dédiée, si j'ai bonne mémoire, dans la partie sud.

Sioban le laissait parler. S'il y avait une chose qu'elle admirait chez Edward, c'était son respect pour les bizarreries d'autrui. Le libraire vouait une véritable passion aux territoires inexplorés. Il aimait toucher du bout du doigt le *Hic sunt dracones*[1] des cartes anciennes et spéculer sur les merveilles cachées qu'elles recélaient. C'est pour cette raison que, lorsque Sioban avait fait s'arrêter le taxi au milieu de nulle part pour entreprendre cette expédition échevelée, aucun reproche n'avait franchi ses lèvres.

La blonde éditrice choisit un chêne très ancien et robuste, au pied duquel elle déploya son châle de laine, puis tira Edward par le bras pour l'obliger à s'asseoir à côté d'elle.

— Personne ne nous élèvera une statue si, ce soir, nous décidons de ne plus jamais grandir, lui murmura-t-elle à l'oreille.

Soudain ému – ou était-ce parce que le froid hivernal l'avait enserré de ses griffes acérées ? –, le libraire l'enveloppa d'une demi-étreinte.

1. « Ici sont les dragons » : inscription figurant sur les cartes médiévales pour désigner les endroits encore inexplorés et jugés dangereux.

— Edward Livingstone, lui glissa distinctement Sioban à l'oreille. Me ferais-tu l'immense honneur de m'épouser ?

Si une météorite géante s'était abattue à cet instant sur Kensington Gardens, il est fort probable que M. Livingstone aurait à peine cillé, se contentant de faire quelque remarque sur l'extinction des dinosaures ou la destruction du Serpentine Bridge. Mais l'impact d'une météorite géante n'était en rien comparable à celui des paroles de Sioban. Edward sentit un nœud se former au fond de sa gorge tandis que son cœur chavirait de bonheur. Pour la première fois de sa vie d'adulte, aucune citation ne lui vint à l'esprit, car rien dans la littérature ne pouvait décrire une telle félicité.

— L'honneur est pour moi, répondit-il avant de l'embrasser.

C'est à peine si sa main trembla lorsqu'il l'étira pour essuyer les larmes qui mouillaient ses joues. Il contempla ses yeux magnifiques à la lueur de la lune et des étoiles, puis songea à ce pauvre Oliver, qui jamais, même avec son télescope, ne pourrait admirer quelque chose d'aussi beau dans l'univers.

Il lui demanda pourquoi elle avait changé d'avis.

— Je me suis rendu compte à quel point je t'aimais, répondit-elle.

— Tu ne t'en étais jamais rendu compte avant cela ?

— Disons que je savais que je t'aimais, mais j'ignorais à quel point.

— Mais encore ?

— Au point de passer outre mes réticences concernant le mariage.

Sioban lui expliqua que durant l'étrange réveillon chez les Lockwood, elle avait été émue par la ferveur avec laquelle il avait défendu Agnes.

— Je sais que tu as du mal à t'intéresser au monde qui s'étire au-delà du seuil de ta librairie, lui dit-elle. S'il y a quelqu'un qui a pris conscience de la grandeur de ton attitude, ce soir, c'est moi.

— Parce que j'ai mitraillé l'inspecteur Lockwood de citations du vieux William ?

— Non, lui confia Sioban après un long baiser, parce que tu es l'un des rares êtres humains que je connaisse qui soient capables de s'élever contre l'injustice.

Ils continuèrent d'échanger des baisers, des promesses et des plaisanteries, jusqu'à ce que le silence de la nuit s'impose. Lentement, ils redevinrent eux-mêmes, même si plus rien n'était comme avant. Edward et Sioban avaient gravé « Jamais Jamais[1] » au fond de leurs cœurs.

— Tu me demandes de t'épouser parce que tu es au bord de la faillite à cause de la correspondance de Tolkien ?

— Absolument, rit Sioban en posant sa tête sur l'épaule du libraire.

— Merci à toi, John Ronald Reuel Tolkien, déclara M. Livingstone en s'adressant à la cime du chêne, un sourire profondément satisfait aux lèvres.

---

1. Devise de Peter Pan.

John était tellement nerveux en sortant de la maison qu'il ne remarqua pas le froid ou le brouillard qui régnaient au-dehors. Ce n'est qu'une fois dans Gower Street qu'il sentit le léger tremblement de la personne qu'il tenait par la main. Il ôta son écharpe de laine bleue et l'enroula autour du cou d'Agnes Martí.

— Elle est de la même couleur que tes yeux, dit la jeune fille grelottante pour briser le silence gêné.

— Et si on ne se dépêche pas, elle va être de la même couleur que tes lèvres.

— Mais, où est-ce qu'on va ?

Quand John s'était sauvé de chez ses parents, laissant à Sarah la délicate mission de leur expliquer la situation, il n'avait pas la moindre idée d'où il allait l'emmener. Son unique souci était d'échapper à la folie passagère de M. Livingstone et à son propre sentiment de culpabilité. Et ce n'est que lorsque Gower Street fit place à Bloomsbury Street qu'il sut où diriger ses pas. Il était doué pour improviser des plans de campagne, y compris en temps de paix.

— C'est une surprise, dit-il sans lui lâcher la main. Un endroit tranquille où je vais pouvoir t'expliquer le pourquoi du comment de la situation.

— Tu ne me dois aucune explication.

— S'il te plaît, j'y tiens. Absolument. Même si je ne sais pas trop par où commencer. Je n'ai jamais compris pourquoi il était aussi facile de duper les gens et aussi compliqué de leur dire la vérité.

— Parce qu'il est plus facile de croire au pire.

Agnes l'avait compris lorsque John l'avait soustraite à cette soirée infernale. Passé le premier instant de perplexité, au moment des présentations, le désespoir l'avait assaillie comme un coup de poignard. Une tristesse infinie s'était emparée d'elle ; non pas tant parce qu'elle s'était imaginé que quelque chose était en train de se nouer entre elle et John, que parce qu'elle avait été déçue de son attitude ambiguë. Agnes, qui croyait dur comme fer que la meilleure façon de ne pas s'attirer d'ennuis était de ne pas prendre de risques, avait fait fi de tous ses principes en venant s'installer à Londres pour trouver du travail. Et quand Jasmine cherchait à la pousser vers l'inconnu, elle renaudait.

— Si tu restes enfermée dans ta coquille, tu vas louper l'occasion de rencontrer une foule de gens intéressants, lui disait-elle chaque fois qu'Agnes refusait de l'accompagner dans une soirée.

— Les gens, dans leur majorité, ne sont pas intéressants.

— Ton M. Livingstone raisonne comme ça, et regarde où ça l'a mené.

— Où ça ?

— À vivre à travers les livres.

— C'est la meilleure des vies possibles.

Jasmine avait réfléchi un instant avant de reconnaître que ce n'était pas faux.

— Tu as raison. Je n'ai pas choisi un bon exemple. Mais il faut que tu prennes plus de risques. Dis-toi que la méchanceté des humains t'atteindra de toute façon, que tu restes enfermée chez toi ou pas. On ne peut hélas pas s'exclure du monde, ma chère amie.

— Sauf si on part vivre dans les bois. Comme Thoreau[1].

— Avec une hache ?

— J'apprendrai à m'en servir s'il le faut.

Jasmine secoua la tête avec énergie, elle avait du mal à s'imaginer la gracile archéologue abattant des arbres dans la forêt.

— Plus personne ne fait ça, dit-elle. Le gouvernement ne te fera pas de cadeaux. Tu devras payer des impôts pour pouvoir construire une cabane en bois, des amendes pour cultiver la terre sans pesticides, sans parler de la cohorte d'inspecteurs d'hygiène et de sécurité ainsi que des services sociaux quand tu auras été signalée comme personne marginale. Ta vie sera un enfer. La police t'arrêtera sous prétexte que tu risques de provoquer un incendie en cuisinant dans les bois, et John Lockwood sera obligé d'intervenir pour te faire libérer. Et on en revient au point de départ.

— Quel point de départ ?

— Celui où le bel inspecteur revient dans ta vie.

— On ne parlait pas de John.

— Non, mais tout est lié.

— Avec quoi ?

— L'amour.

Était-ce parce qu'elle était d'une nature confiante, ou parce que Jasmine lui avait insufflé un peu de son

1. Henry David Thoreau, poète et naturaliste américain du XIXe siècle.

optimisme à toute épreuve ? Toujours est-il qu'elle se retrouvait à marcher main dans la main avec John Lockwood en pleine nuit. Elle songea qu'elle allait devoir lui poser quelques questions sur la véritable nature de sa relation avec la belle publiciste, avant de jeter l'éponge. Avec sa sagesse habituelle, elle décida d'attendre que John ait trouvé l'endroit et le moment propices à ce genre d'explications. Car bien qu'il ne se soit déclaré, le jour où ils avaient pris le thé au Jubilee, il l'avait regardée d'une façon qui… Les fêtes de fin d'année n'étaient pas aussi tranquilles qu'elle l'avait espéré, mais prendre la poudre d'escampette au beau milieu d'un réveillon et se perdre dans la purée de pois londonienne avaient quelque chose d'enivrant. Elle inspira profondément et garda pour elle toutes les questions qui lui venaient à l'esprit. « Cueille le jour, s'exhorta-t-elle. Tu as toujours la possibilité de partir vivre dans les bois et d'en faire voir de toutes les couleurs aux services sociaux. »

Ils marchaient d'un pas rapide, presque au trot, dans les rues désertes, quand, en tournant au coin de Russell Street, Agnes eut le souffle coupé. Elle savait exactement où elle était. John ne s'arrêta pas sur le grand parvis carré qui dominait un beau portail de style néoclassique, mais se dirigea au contraire vers la partie la plus à l'est de l'édifice. Arrivé devant la discrète grille métallique, il appela, et presque aussitôt, deux vigiles sortirent. Lockwood se présenta en sortant sa plaque d'inspecteur.

— Puis-je vous demander de prévenir Clive Judge, s'il vous plaît ?

L'homme les laissa entrer et avisa son collègue par talkie-walkie. Agnes, toujours le souffle court, contempla la magnifique entrée du Grand Atrium du British Museum ainsi que la coupole de verre et d'acier de Norman Foster.

— Je n'arrive pas à y croire, murmura-t-elle.

John réprima un sourire lorsque le gardien annonça :

— Il arrive tout de suite, inspecteur Lockwood.

Clive Judge était un petit homme rondouillard, qui semblait parfaitement à l'aise dans son uniforme et dans la vie en général. Il s'approcha aussi vite que le lui permettaient ses petites jambes, une expression joyeuse sur sa face rubiconde. Arrivé à la hauteur de John, il le serra dans ses bras en le gratifiant d'une tape étonnamment vigoureuse.

— Joyeux Noël, mon vieux, lança-t-il d'une voix chantante. Mais qu'est-ce que tu fais ici ? Tu ne réveillonnes pas en famille ?

— Regarde qui parle ! Je te présente Agnes Martí, une amie à laquelle j'aimerais faire faire une visite nocturne avec ta permission.

Clive contempla Agnes d'un œil approbateur, la salua d'une poignée de main et les invita à le suivre.

— J'avoue que c'est un très beau cadeau de Noël, dit-il le plus sérieusement du monde.

Les deux hommes se donnèrent ensuite des nouvelles de leurs familles respectives et de leurs projets professionnels. Une fois sa curiosité satisfaite, Clive s'arrêta sous la magnifique coupole, et expliqua deux ou trois choses à Agnes concernant l'édifice.

— Le British Museum a ouvert ses portes pour la première fois en 1759, dans la demeure seigneuriale des Montagu, dans le quartier de Bloomsbury. Cependant, la place vint rapidement à manquer tant les collections ethnographiques et d'histoire naturelle étaient importantes, sans parler de la bibliothèque. C'est pourquoi, en 1852, on confia à Robert Smirke l'édification de ce bâtiment néoclassique. Le fronton de la façade principale est de Richard Westmacott.

Les travaux ne s'achevèrent qu'en 1857, avec la salle circulaire dans laquelle nous nous trouvons. Afin de gagner de l'espace, un Musée d'histoire naturelle fut ouvert pour accueillir la collection du British Museum, ainsi qu'une bibliothèque, la British Library, qui, comme vous le savez, se trouve à Saint-Pancras. En 2000, l'édifice s'est doté du fameux Grand Atrium de la reine Elizabeth II. C'est non seulement la cour intérieure couverte la plus grande d'Europe, mais l'une des plus belles. Et sa coupole à armature d'acier, qui compte plus de mille cinq cents vitraux, n'a rien à envier à la pyramide du Louvre.

Agnes songea que M. Livingstone serait tombé d'accord sur ce point avec Clive.

— Par où voulez-vous commencer ? demanda le gardien. Je désactiverai les détecteurs de mouvement dans les salles que vous m'indiquerez.

John invita Agnes à choisir.

— Par la pierre de Rosette, dit-elle sans hésiter une seconde. Et ensuite, la salle du Parthénon.

Clive la regarda de nouveau avec admiration et hocha la tête tel un sommelier qui approuve en silence le choix du vin pour accompagner le repas.

— Dans ce cas, je vous laisse ici, dit-il en désignant la salle où était exposée la célèbre pierre déchiffrée par Champollion. La collection du Parthénon se trouve…

— Dans la salle Duveen, intervint Agnes, toujours à cet étage, après le relief assyrien.

— Absolument, confirma Clive. Elle fut conçue par John Russell Pope, mais a été détruite par les bombardements allemands durant la Seconde Guerre mondiale et a été reconstruite au début des années soixante-dix.

— Vous me donnez la migraine, tous les deux, dit John qui commençait à regretter un peu son idée de cadeau de Noël.

Clive lâcha un petit rire, gratifia de nouveau son ami d'une tape dans le dos, puis leur souhaita une bonne visite.

— Prenez votre temps, dit-il. Demain nous sommes fermés. Mais ne partez pas sans dire au revoir, sans quoi vous allez vous attirer la malédiction d'Howard Carter[1].

John lui promit que pour rien au monde il ne commettrait un tel faux pas.

1. Archéologue qui est mort peu de temps après avoir découvert la tombe de Toutankhamon.

Agnes et John parcoururent la courte distance qui les séparait de la pierre de Rosette. Leurs pas résonnaient à peine, comme si le sol dallé avait été lui aussi recouvert d'un épais tapis de neige qui amortissait les bruits.

Après avoir contemplé la pierre de Rosette dans son écrin de cristal et longé le relief assyrien, Agnes émergea dans la salle Duveen et soupira d'aise à la vue des frises et des sculptures du Parthénon. Elle les avait déjà vues de nombreuses fois, mais jamais dans ces conditions. La quiétude qui régnait dans la salle invitait à la contemplation.

— Tu es venue souvent ici ? lui demanda John, qui avait deviné ses pensées.

— Assez souvent.

Agnes passa en revue les marbres d'Elgin en savourant chaque détail dans la lumière tamisée des veilleuses qui mettait en relief les pièces exposées. Elle s'arrêta devant les sculptures du fronton oriental de Phidias qui représentait Athéna, Zeus et d'autres divinités ; un ensemble sculptural parmi les plus beaux et complexes du monde.

John la laissait déambuler à sa guise, l'observant de loin tandis qu'elle admirait les statues comme si c'était la première fois. Il brûlait d'envie de lui expliquer pourquoi il avait réagi comme il l'avait fait quand ils étaient chez ses parents. Il fallait qu'il lui dise qu'entre Sarah et lui, tout était fini, même s'ils avaient décidé de ne pas en parler pour l'instant. Il fallait qu'il lui demande pardon pour ce malentendu et pour lui avoir laissé penser – ne fût-ce qu'une minute – que leur promenade sous la neige n'avait été qu'un mirage. Lockwood aurait voulu lui avouer sans détour qu'il était amoureux, mais le trajet dans le froid et le brouillard, ainsi que la solennité de cette visite nocturne au British Museum, lui avait coupé ses moyens. Il était profondément ému par le silence d'Agnes, son refus de lui demander des explications, de laisser transparaître son désenchantement.

Tandis qu'elle admirait ces fragments du patrimoine universel, notre archéologue était assaillie par les réminiscences des étés passés à Oxyrhynque. Devant le fronton de ce qui avait été jadis le Parthénon, elle s'imaginait ce qu'avaient pu ressentir Carter, Clark ou Petrie, ce sentiment de petitesse devant l'immensité de l'Histoire. C'était à cause d'instants comme celui-là qu'elle avait décidé de poursuivre sa carrière d'archéologue, alors même que son unique moyen de subsistance était un emploi d'assistante libraire.

Au bout d'un moment, elle se tourna vers John et lui sourit timidement.

— Merci pour cet extraordinaire cadeau de Noël.

L'inspecteur Lockwood se levait chaque matin avec l'envie de lutter contre les petites injustices de l'existence, et avec l'espoir qu'un jour, ce ne serait plus nécessaire. Ce miracle ne se produirait peut-être pas aujourd'hui, mais en attendant, c'était ici même, en présence des dieux et parmi les vestiges les plus extraordinaires de la civilisation, qu'il allait accomplir l'un de ses rêves les plus fous.

Incapable de garder plus longtemps la distance qui le séparait de la fée aux pieds nus, John traversa la salle et vint se poster à seulement quelques centimètres de la jeune fille. Il prit son délicat visage blanc entre ses mains de soldat, et songea qu'aucun des trésors réunis dans ce musée n'aurait pu rivaliser avec les immenses yeux noisette qui le regardaient d'un air surpris.

— C'est moi qui te remercie, prononça John d'une voix rauque juste avant de l'embrasser.

15

Il y a des baisers qui ont le pouvoir de tout figer : l'air, le temps, la pensée. La vie tout entière retient son souffle, de peur de rompre la magie de cette rencontre extraordinaire. Seuls les adultes qui croyaient aux contes de fées quand ils étaient enfants savent que ce genre de baisers existe.

Ce furent les cloches de l'église voisine de Saint-Martin sonnant les douze coups de minuit, qui les rappelèrent à la réalité.

— Joyeux Noël, dit John, en écartant ses lèvres de quelques centimètres de celles de la fée.

Agnes lui souhaita à son tour un joyeux Noël, mais sans oser bouger. Elle était encore sous le charme du premier baiser, les jambes tremblantes et l'estomac noué, incapable de s'extraire des bras de l'inspecteur Lockwood qui la regardait au fond des yeux en murmurant :

— Il n'y a rien de plus beau qu'un matin de Noël.

— Il fait encore nuit.

— Mais c'est le matin quand même. D'ailleurs, il n'y a pas d'obscurité quand tu es avec moi.

Il l'embrassa de nouveau, lentement, en silence, comme si le British Museum était une de ces boules de verre que l'on agite pour déclencher un tourbillon de neige. Les dieux décapités de Phidias pestèrent de ne pas avoir d'yeux pour contempler cette scène idyllique.

John prit leurs manteaux et les étala à même le sol, au pied du fronton oriental du Parthénon. Il prit Agnes par les mains et ils s'allongèrent sur cette couche improvisée, avec l'écharpe bleue comme oreiller. D'ici, ils avaient une vue extraordinaire du plafond orné de motifs doriques.

— Ce n'est pas aussi romantique que de contempler les étoiles, remarqua l'inspecteur.

— Le British Museum n'a pas de toit, il est infini.

Agnes plia l'écharpe et roula les manteaux pour en faire des oreillers afin qu'ils aient une meilleure vue des sculptures et des bas-reliefs.

— Frise est, ouest et sud, indiqua l'archéologue en désignant d'un geste les vestiges grecs. Ils ont été sculptés par Phidias et ses compagnons entre 443 et 438 avant notre ère. Mon directeur de thèse, bien que spécialisé dans l'Égypte ancienne, estimait que c'était la plus belle œuvre sculpturale jamais réalisée par la main de l'homme.

John se tourna vers elle et la contempla à la lueur tamisée des veilleuses. Il n'était pas d'accord avec son professeur : il n'avait jamais rien vu de plus beau que ce profil tout en délicatesse, même s'il n'avait pas été sculpté dans le marbre blanc.

— On les appelle marbres d'Elgin, parce que c'est Thomas Bruce, comte d'Elgin, qui les a rapportés d'Athènes en 1801 pour les mettre à l'abri, à une époque où la conservation *in situ* laissait à désirer. La Grèce a depuis exigé qu'on les lui restitue à plusieurs reprises, mais la Grande-Bretagne fait la sourde oreille.

— Fichue politique impériale !

— Aucune nation n'est irréprochable, d'un point de vue historique.

— Tu ne penses pas qu'on devrait les rendre à Athènes ? demanda John.

— Je n'en sais rien. Il se passe la même chose avec les vestiges égyptiens. Si les archéologues britanniques et français n'avaient pas, dans leur majorité, transféré leurs découvertes dans leurs propres pays, il ne resterait pas grand-chose de ce précieux patrimoine aujourd'hui. Tout aurait été dérobé par les pilleurs de tombes, revendu sur le marché noir des antiquités, vandalisé, détruit par les guerres et la corruption des gouvernements. Le XIXe siècle était une époque troublée, et l'Europe était un lieu relativement sûr pour garder ces trésors.

— C'est encore une époque troublée, fit remarquer John, en songeant aux militaires équipés de gilets pare-balles qui montaient la garde dans les aéroports. De nos jours, ces reliques ne sont plus à l'abri nulle part.

— Ce ne sont ni des reliques ni des trésors, ce sont les vestiges culturels de civilisations passées.

Ils appartiennent à l'humanité, et c'est parce qu'ils revêtent un caractère universel que nous ne devrions pas nous soucier de savoir dans quel musée ils sont exposés.

— Le problème, c'est que même encore aujourd'hui, nous sommes incapables de nous entendre sans distinction de race, de religion, de sexe ou d'idéologie.

— C'est vrai que plus rien n'est sûr de nos jours, murmura Agnes, la gorge nouée par la tristesse.

John se mit en appui sur son coude et se pencha vers elle.

Il caressa ses longs cheveux soyeux, puis sa joue.

— Pas absolument tout, dit-il avant de l'embrasser tendrement.

Agnes se rappela les paroles de Jasmine – l'amour n'était pas une question de temps mais de certitude –, et pour la première fois, elle se risqua à toucher John sans craindre qu'il ne s'évapore aux premières lueurs de l'aube.

Un raclement de gorge amplifié par la hauteur de plafonds et le vide les interrompit.

— John, désolé de vous déranger, dit Clive Judge depuis le linteau de la galerie du Parthénon. Tu sais qu'il y a des caméras de surveillance un peu partout, n'est-ce pas ?

Après avoir assuré à son ami qu'il avait trouvé le seul angle mort de la salle, Lockwood se leva et emboîta le pas à Clive.

— Je reviens tout de suite, promit-il à Agnes. Ne pars pas en courant, surtout.

— Elle est épatée, pas vrai ? le taquina le garde de sécurité quand ils furent assez loin pour ne pas être entendus.

— Par les statues, oui.

— Dans ce cas, je doute qu'elle parte en courant.

John revint dans la salle du Parthénon en poussant un petit chariot métallique sur lequel étaient disposés un service à thé, des roulés à la cannelle, des madeleines, du pain grillé, du beurre et de la confiture d'abricot et d'orange. Agnes se rendit soudain compte qu'ils s'étaient enfuis de la maison de ses parents sans avoir rien avalé.

— *Breakfast at Tiffany's*[1], plaisanta Agnes lorsqu'il eut disposé le petit banquet sur une grande serviette étalée à même le sol.

— J'imagine que pour une archéologue c'est encore mieux que Tiffany's.

Agnes admira la jolie théière de porcelaine rose à petites fleurs bleues et les tasses assorties. Elle avait l'impression de rêver.

Assis par terre, jambes croisées, ses yeux aimantés par les yeux châtains de la jeune fille, John remuait distraitement sa tasse de thé sans sucre. Enfin, il se décida à tout lui raconter.

— Sarah et moi sommes sortis ensemble pendant plus d'un an, et nous nous étions même fiancés. Puis, ces derniers mois, nous nous sommes rendu compte que plus rien n'allait entre nous. Nous aurions dû

1. Film culte avec Audrey Hepburn. En français *Diamants sur canapé*.

rompre il y a longtemps, mais nous n'en avons pas eu le courage, car nous savions que nos familles attendaient impatiemment la noce, et aussi parce que Sarah avait idéalisé notre relation. Je crois que c'était l'idée de former un couple qui lui plaisait, mais pas notre couple à nous. Et puis, autour de nous, les gens n'arrêtaient pas de répéter « Vous êtes faits l'un pour l'autre… »

Agnes hocha la tête tout en mordant dans un toast. Bientôt, le jour allait se lever, et les premières lueurs du jour allaient se répandre sur les énormes colonnes de marbre blanc. Quand les ombres de la nuit se seraient dissipées, les dieux du Parthénon perdraient une part de leur mystère. Comment avait-elle pu croire que le thé au Jubilee était insurpassable ?

L'archéologue auxiliaire de librairie avait les cheveux en bataille, les joues et les lèvres plus roses qu'à l'ordinaire. John était décoiffé et son costume était froissé. Mais tous les deux avaient dans les yeux cet éclat propre à ceux qui viennent de découvrir l'amour par une nuit d'hiver.

— Sarah m'a demandé d'attendre après les fêtes pour annoncer la nouvelle à nos parents. Elle va bientôt partir travailler à Hong Kong et elle ne voulait pas leur gâcher le réveillon.

— Moi aussi, je voulais passer des fêtes tranquilles.

John leva les mains, paumes en l'air, et regarda autour de lui en riant.

— Est-ce qu'on peut faire plus tranquille que ça ?

Agnes lui prit une main et la posa sur son cœur qui battait à tout rompre.

— Tranquille ? dit-elle en le regardant dans les yeux.

Lockwood, qui s'était pourtant juré de garder ses distances avec cette fille, se pencha vers elle et l'embrassa encore une fois.

— Je ne sais pas ce que je vais devenir, Agnes Martí, murmura-t-il, ses lèvres collées aux siennes. J'ai la tête à l'envers depuis que je t'ai vue pour la première fois, pieds nus dans la librairie, avec tes cheveux défaits. Tu me regardais exactement comme tu le fais maintenant.

— Comment ?

— Comme si tu voyais en moi tout l'avenir du monde.

John conduisait lentement dans les rues quasi vides. Ils savouraient le silence, l'absence de trafic et les premiers rayons du timide soleil matinal. Il ne restait pas trace de la brume de la veille, comme si la météo avait voulu se montrer sous son plus beau jour en ce matin de Noël. Ils avaient encore des papillons dans l'estomac.

— Oh, non ! soupira l'inspecteur, penaud.

— Quoi ?

— Je viens de me souvenir que je dois faire des excuses à M. Livingstone. Ne ris pas, ce n'est pas drôle. Il a dit qu'il m'aimait bien.

— Dans ce cas, où est le problème ?

— Là, justement. Il a fondé en moi de grandes espérances.

Agnes pivota sur son siège, un regard espiègle dans les yeux.

— Tout le monde a fondé en toi de grandes espérances. C'est de ta faute. Après ton entrée spectaculaire dans la librairie, la première fois, nous avons vu de quoi tu étais capable.

— Très drôle.

— Tu as fracassé le carillon de la porte.

— Et j'ai terrorisé le comptable.

— Qui porte des cravates immondes, soit dit en passant.

— Je n'ai pas été fichu de retrouver ce maudit journal, soupira-t-il, atterré. Je vais passer à la librairie pour lui conseiller de déposer une plainte officielle. En espérant qu'il voudra bien m'écouter.

— Il va fermer boutique pendant quelques jours, le prévint Agnes, mais tu devrais le trouver là-bas de toute façon.

— Pourquoi ?

— Parce que Moonlight Books, c'est toute sa vie.

Quand ils atteignirent l'adresse qu'Agnes lui avait indiquée, John se gara dans une rue parallèle et ils marchèrent jusqu'à la maison. Malgré ses protestations, il avait insisté pour l'accompagner à la gare de Waterloo, où elle devait prendre son train pour le Surrey.

— Je monte chercher ma valise et je redescends tout de suite, dit-elle.

— D'accord.

— John ?

— Si tu ne me lâches pas la main, je ne peux pas y aller.

— Ah, oui, pardon.

— Au coin de la rue, il y a le Darkness & Shadow, pourquoi est-ce que tu ne vas pas m'attendre là-bas ? De toute façon, je dois passer y prendre R. Cadwallader.

Agnes lui avait raconté comment elles avaient fait la connaissance du cuistot gallois et décrit l'étonnante relation qui s'était nouée entre lui et Jasmine.

— Un petit café ne me fera pas de mal, dit l'inspecteur. J'ai intérêt à avoir les idées claires pour affronter ma mère et mon père, qui vont me demander ce que je compte faire de ma vie.

— Je croyais que tu le savais déjà.

— Moi, oui, mais pas eux.

Agnes lui effleura les lèvres d'un baiser rapide.

— À tout de suite.

— Je t'attends au Darkness.

— John ?

— Quoi ?

— Lâche-moi la main.

L'inspecteur Lockwood avait peur que, s'il lui lâchait la main, la fée aux pieds nus s'envole par-dessus les toits de Londres et file tout droit vers les étoilcs.

Lorsque John entra dans le pub aux murs décorés de sabres et de portraits de mineurs de fond, le barbu qui se tenait derrière le comptoir lui lança :

— On ne sert pas de pain de viande !

Michael Drake, qui avait entendu dire que le Darkness & Shadows avait été fermé par la police dans les années 1920 pour non-respect de l'interdiction de vendre des *mince pies* à Noël, était sur la défensive.

— Je veux juste un café, dit John, surpris par cet accueil pour le moins inhabituel.

Quelques instants plus tard, le plus jeune des Drake posa devant lui une tasse de café fumant et un muffin aux myrtilles.

Le muffin était une gracieuseté de R. Cadwallader, qui sortit de la cuisine et vint s'asseoir à côté de John, après l'avoir salué d'un grognement inintelligible. John supposa que le rouquin taillé comme une armoire à glace était le garçon avec qui Agnes allait faire le voyage jusqu'au Surrey. Légèrement intimidé par le cuistot taiseux, il vida sa tasse de café et chercha à accrocher le regard de Michael Drake, mais le barman semblait soudain occupé à aligner soigneusement des verres à pied sur une étagère.

Tel un ange auréolé de lumière, Agnes arriva juste à ce moment-là avec un gros sac de voyage.

— Ah, cette fois, nous sommes tous là. On y va ?

Lockwood et Cadwallader se levèrent comme un seul homme.

— Joyeux Noël, Michael ! lança la jeune fille.

— Pauvrette, dit Solomon Drake quand ils furent sortis. Je la plains de devoir passer les fêtes de Noël avec un ours pareil.

— N'empêche que ses muffins sont à se damner, souligna Michael.

Les adieux à la gare de Waterloo furent vite expédiés, et sans grand discours. Dans la salle des pas perdus, R. Cadwallader, taciturne, mais courtois, proposa d'aller acheter les billets. Restés seuls, Agnes et John échangèrent leurs numéros de téléphone, puis se regardèrent comme s'ils ne savaient pas comment se dire au revoir. Ils n'avaient passé que quelques heures en tête à tête, pas suffisamment pour se sentir vraiment intimes.

John avait l'horrible sensation que ces adieux étaient le prélude à la fin, qu'Agnes partait pour toujours. Il ne regrettait pas de lui avoir fait part de ses sentiments, dans la mesure où le quiproquo avec Sarah lui avait fourni l'occasion de s'expliquer. Mais à présent, il était incapable de lui lâcher le bras, de même qu'il ne savait pas comment lui dire qu'elle allait lui manquer. Lockwood, habitué à se montrer ferme, voire brusque dans ses rapports avec les autres, comme l'exigeait son métier, craignait d'avoir été un peu trop impulsif avec la fille qui s'apprêtait à monter dans le train. Il l'embrassa pour la dernière fois, sans se rendre compte que son geste rendait toute explication superflue.

Étonnamment sereine, enveloppée dans son grand manteau gris, sa longue chevelure se répandant sur ses épaules, si légère qu'elle semblait marcher sur la pointe des pieds, John la regarda prendre la direction du quai, flanquée de l'énorme silhouette du cuistot gallois. Resté seul au milieu de la gare festonnée de guirlandes et de boules de Noël vertes et rouges, il inspira profondément, pivota sur ses talons, et sortit dans l'air froid du matin, le cœur lourd.

Dès que le train quitta la gare, Agnes se laissa bercer par le cahotement du wagon. Elle appréciait le silence de son compagnon de voyage, ainsi que le thermos de thé et les gâteaux maison qu'il avait apportés, et ne tarda pas à s'assoupir, fatiguée d'avoir veillé jusqu'au matin. Avant de s'abandonner complètement au sommeil, elle songea à John, à son bras protecteur, à l'étreinte de ses mains, à ses yeux bleus pleins d'interrogations auxquelles elle n'avait pas répondu. Elle se rappela ses baisers, en présence des statues du Parthénon, et la tempête de sentiments qui s'était emparée d'eux et les avait emportés très, très loin. Quand elle était dans les bras de John, elle avait l'impression de voler.

16

Quand il avait dix ans, Edward Livingstone voulait entrer dans la King's Troop. Il vivait avec ses parents à Gloucester Crescent, et son père avait coutume de le réveiller pour qu'il regarde passer les hommes à cheval en route pour Regent's Park. Un fracas de sabots précédait l'arrivée de la garde montée, et dans le petit matin d'hiver, le spectacle de la troupe royale émergeant de la brume à la lueur des flambeaux était d'un romantisme fou.

Plus tard, lorsque la King's Troop avait quitté St. John's Wood pour aller s'installer à Woolwich, l'appel impérieux de la littérature avait peu à peu éloigné Edward de ses rêves d'enfance.

Mais ce matin-là, la garde royale avait resurgi dans la vie de M. Livingstone par le biais de *La Dame à la camionnette* d'Alan Bennett, et il avait traversé une légère crise existentielle. Bien que s'étant accordé une semaine de congé, il se trouvait à Moonlight Books. À croire que les années passées en compagnie de ses livres avaient fini par faire de lui un fantôme incapable de vivre en dehors des murs de sa boutique. Il essaya de s'imaginer monté sur un fier destrier, en uniforme de parade, émergeant des ténèbres, sabre au clair. À cette pensée, il fut pris d'un fou rire. Si les fées ne l'avaient pas doté d'une imagination aussi débridée, il aurait pu faire carrière au parlement.

Il se prépara du thé, bourra sa pipe et alla se réfugier dans le coin des romantiques, dans un fauteuil confortable, avec une pile de livres en guise de repose-pieds et les dernières parutions de beaux livres posées à côté de lui sur la table basse. Le bonheur absolu. Il était sur le point de tremper ses lèvres dans son thé Earl Grey, quand quelqu'un se mit à marteler la porte avec insistance, rompant la magie de l'instant. Il se leva en maugréant et alla jeter un coup d'œil par la vitrine. C'était Oliver Twist qui jouait les enfants abandonnés sur le seuil de sa boutique.

— La librairie est fermée, dit M. Livingstone en désignant la pancarte accrochée à la porte.

— Mais vous êtes là.

— Tu es venu pour m'énoncer des évidences, astronaute de pacotille ?

— Je suis venu seul.

— Mais ta mère sait que tu es ici ? demanda le libraire en roulant des yeux affolés derrière ses lunettes.

Edward savait Mme Twist capable de l'accuser de séquestration, et il n'avait aucune envie de se voir intenter un procès.

— Oui. On habite juste à côté et Clara est en vacances.

— Toi et moi sommes en vacances, précisa M. Livingstone.

— Raison de plus pour faire ce qu'il nous plaît.

— C'est bon, entre, abdiqua Edward. Il y a des cookies au chocolat et au caramel sur la desserte.

Il venait seulement d'achever le premier livre de sa pile de prédilection et d'entamer sa deuxième tasse de thé quand on frappa de nouveau à la porte.

— Bon sang de bonsoir !

Avant de jeter un coup d'œil par la vitrine, il s'assura que la pancarte FERMÉ était tournée du bon côté et qu'elle était lisible.

— Excusez-moi, je sais que la librairie n'est pas ouverte au public, mais j'ai pensé que…

M. Livingstone toisa l'individu qui se tenait devant lui et qui n'avait pas l'air de savoir lire une pancarte.

— Ah, notre écrivain à résidence, dit-il en fronçant les sourcils. Je ne vous avais pas reconnu sans votre lampe bleue.

— Je cherche un coin tranquille où écrire.

— La librairie est fermée.

— C'est bien pour ça qu'elle est tranquille.

— Détrompez-vous !

— Je vous en serais infiniment reconnaissant.

— C'est bon, entrez. Mais pas de remerciements, je vous prie. Et surtout, pas de remerciements à la fin de votre livre.

— Personne ne lit jamais les remerciements.

— Moi, si, déclara M. Livingstone d'un ton ferme. Pour m'assurer que je n'y figure pas.

Il servit une tasse de thé à l'écrivain, qui s'était empressé de s'installer sous la lampe bleue, puis regagna sa place, en marmonnant, dépité :

— Jamais deux sans trois.

Mais avant que n'apparaisse un troisième visiteur, le libraire eut le temps de recevoir un appel téléphonique. C'était sa grande amie Alice Shawn qui, en plus de lui souhaiter une bonne année, lui fit part de nouvelles inquiétantes. Il n'eut pas le temps de réfléchir à ce que lui avait dit la conservatrice, car on recommença à frapper à la porte. Cette fois, ce n'étaient pas les petits coups timides d'Oliver ou le son caractéristique des doigts agiles de l'écrivain habitué à taper sur un clavier. La porte bleue tremblait sous les martèlements énergiques d'une main forte et décidée.

— Inspecteur Lockwood, lança Edward en ouvrant la porte.

— Monsieur Livingstone.

— Entrez. Et pendant que vous y êtes, arrachez-moi cette pancarte de la porte, comme vous l'avez fait avec le carillon. Pour ce qu'elle me sert…

John, qui était sur le point de s'excuser d'avoir démoli le maudit carillon, lui jeta un regard ombrageux. Il refusa la tasse de thé que lui offrit le libraire, préférant rester debout, à côté du comptoir, avec la tête de quelqu'un qui avait autant envie de se trouver là que dans le cratère d'un volcan sur le point d'entrer en éruption.

— J'aimerais…

M. Livingstone ne sut pas ce que Lockwood aurait aimé, car ce dernier resta bouche bée en apercevant le journal de l'explorateur dans sa vitrine, sur le présentoir des beaux livres.

— Vous l'avez retrouvé.

— Quoi donc ? demanda Edward en faisant l'innocent. Ah, oui. Le journal.

— Où était-il ?

— J'avais pourtant dit à Sioban que je ne pensais pas qu'il s'agissait d'un vol.

— Comment l'avez-vous récupéré ?

— Et vous ?

John le regarda sans comprendre.

— Comment avez-vous récupéré ce que vous aviez perdu ? insista M. Livingstone.

— De quoi voulez-vous parler ?

— D'Agnes.

L'inspecteur Lockwood fit une chose qu'il n'avait pas faite depuis l'école primaire : il rougit.

— Je ne me référais pas à Agnes, mais au journal.

— « Il était perdu, et il est retrouvé[1]. »

— Vous êtes impossible, monsieur Livingstone.

— À tel point que je vais me marier avec l'éditrice la plus incroyable de Londres.

— Félicitations, dit John sur un ton qui ressemblait à une interrogation.

— Vous n'avez pas l'air très convaincu.

— C'est que j'aime beaucoup Sioban.

— Dans ce cas, vous serez content d'apprendre que c'est elle qui m'a demandé ma main.

1. Évangile selon saint Luc 15, 32

— Nous avons tous nos mauvais jours.

Le libraire s'agrippa la poitrine comme s'il venait de recevoir une balle en plein cœur.

— Aaargh, inspecteur ! Vous êtes venu avec l'intention de vous venger ?

— Je vous rappelle que vous m'avez privé de réveillon.

Edward secoua la tête, atterré par les coutumes barbares des officiers de Scotland Yard, et regagna son fauteuil. L'inspecteur lui emboîta le pas.

— Vous allez me raconter l'histoire du journal ?

— Si vous me racontez l'enlèvement de la Belle Hélène. Dites-moi que d'un baiser elle vous a donné l'immortalité !

— Je suis protégé par mon gilet pare-balles, dit John, vaincu par la bonne humeur du libraire.

— Magnifique ! Eh bien, disons que c'est un ami qui a emprunté le journal pour pouvoir l'étudier à loisir et qu'il a oublié de m'en avertir.

— Et quand vous l'a-t-il rendu ?

— Le soir même où vous avez reçu l'immortalité.

— Vous le saviez quand vous êtes venu dîner chez mes parents et vous ne m'en avez rien dit ?

— J'étais trop occupé à vous défier en duel.

— Oui, soupira le policier. J'ai essayé d'oublier ce triste épisode.

— John, déclara M. Livingstone d'une voix solennelle, je vais vous charger d'une mission. Non pas que vous m'inspiriez confiance, mais…

— Merci.

— Allons, le sarcasme et votre gilet pare-balles ne font pas bon ménage.

— Vous aurez sans doute remarqué que je suis en civil.

— Certes, mais vous êtes armé.

— Qu'attendez-vous de moi ?

— De rétablir la paix dans le monde.

— Monsieur Livingstone… vous venez de me dire que je ne vous inspirais pas confiance, et malgré cela…

— Je vous ai vexé ?

— … vous souhaitez me confier une mission.

— Ah, oui. Dépêchons-nous avant qu'Agatha Dresden ne franchisse cette maudite porte.

— Comment savez-vous que… ?

— Elle est en train de nous observer à travers la vitrine.

— Je vous écoute.

— Il faut que vous disiez à Agnes…

Il y eut comme des grattements de souris à la porte.

Millicent et Prudence, la grand-mère et la grand-tante de Jasmine, possédaient un petit cottage rose à l'extérieur de Farnham, un village pittoresque du sud-ouest du Surrey. Agnes eut l'impression de rêver quand elle pénétra pour la première fois dans leur propriété. Jamais elle n'avait vu de jardin aussi beau en plein hiver. Bien que les arbres fruitiers, les rosiers et les ajoncs aient été dépourvus de feuilles et de fleurs, les plantes aromatiques, indifférentes aux rigueurs du frimas, faisaient preuve d'une vitalité qui se déclinait dans toute une gamme de tons verts, pourpres et vanille. Sur le toit de la maison, plantes et rosiers grimpants attendaient patiemment la venue du printemps.

Presque aussi grande que sa petite-fille, Millicent était une femme aux courbes généreuses dont les cheveux blancs et frisés contrastaient avec son teint foncé. Elle avait un goût prononcé pour les robes de laine très colorées, qu'étant daltonienne elle ne savait pas toujours assortir de façon avantageuse avec le reste de son habillement. Ses grands yeux au regard perçant clignaient pensivement derrière ses lunettes à la monture violette incrustée de brillants. Prudence était plus petite que sa sœur et compensait les excès chromatiques de Milly par une tenue sobre : pantalon gris et pull-over crème. Ayant subi pendant cinquante ans l'influence de son défunt mari – qui n'avait jamais dépensé un seul penny au pub du village –, elle portait une perruque noire qui lui évitait les frais de coiffeur.

Les ricanements et les regards complices que les deux sœurs échangeaient à tout bout de champ témoignaient d'une affection réciproque profonde. Elles faisaient front commun contre les jardiniers, collectionnaient les chapeaux excentriques, se rendaient au village pour échanger des potins avec leurs connaissances sept jours par semaine.

Milly et Prue accueillirent avec force embrassades l'amie de Jasmine, et s'émerveillèrent de la place que prenait R. Cadwallader à l'intérieur de leur petit cottage. Les premiers jours, elles retinrent leur souffle chaque fois que les grosses mains du cuisinier saisissaient une de leurs délicates tasses de porcelaine.

Mais étant d'une nature généreuse, et ayant un goût certain pour l'extravagance – dans leur jeunesse, elles s'étaient amourachées l'une d'un jongleur et l'autre d'un dresseur de lions –, elles accueillirent le géant avec bienveillance. Très vite, elles s'habituèrent à sa compagnie, l'invitant à les accompagner au marché ou à s'asseoir avec elles au coin du feu pour pouvoir le bombarder de questions sur sa famille galloise. Qu'il le veuille ou non, Cadwallader se retrouvait au centre de l'attention à chaque repas.

— Tu n'as pas encore goûté le canard confit.

— Il faut l'accompagner de sauce à l'orange et à la prune.

— Oui, il n'y a rien de tel pour éloigner le mauvais œil.

— Et la mélancolie.

— Tu as raison, Prue, il a l'air un peu triste, le pauvre.

— Ressers-lui de la sauce.

— Combien ?

— Suffisamment pour redonner du peps à un grand gaillard.

— Mais il va avoir une indigestion…

— Et ensuite, il va manger un bon dessert.

— Avec l'indigestion ?

— Avec de la crème d'amande.

Jasmine et Agnes s'étranglaient presque de rire, tandis que R. Cadwallader mangeait en silence, touché par la sollicitude des deux vieilles dames.

Agnes était reconnaissante à son amie de l'avoir invitée à passer les fêtes de fin d'année chez sa grand-mère. La précipitation avec laquelle John Lockwood lui avait ouvert son cœur l'avait laissée sous le choc et en proie à des sentiments contradictoires. Un instant, elle sentait son cœur s'accélérer et son estomac papillonner ; l'instant d'après, sans comprendre pourquoi, elle sombrait dans un abîme de tristesse et de mélancolie. La bonne humeur des vieilles dames l'aidait à surmonter son désarroi émotionnel, mais lorsque Jasmine et R. Cadwallader échangeaient un geste affectueux, elle revoyait l'inspecteur repoussant une mèche de cheveux de son front ou effleurant sa peau d'un baiser… Alors, l'air se mettait à lui manquer, comme si les murs et le toit du cottage s'étaient refermés sur elle, et elle éprouvait soudain l'envie de sortir en courant sous la pluie et le vent pour chercher l'apaisement dans le spectacle de la campagne.

Jasmine, qui avait remarqué sa détresse, préférait la laisser tranquille, s'abstenant de lui poser des questions ou d'échanger des caresses ou des baisers avec Cadwallader en sa présence. Le caractère flegmatique et taciturne du cuisinier gallois avait trouvé à Farnham le refuge familial idéal. Chaque jour qui passait lui donnait un peu plus d'assurance, et il se cognait de moins en moins souvent aux meubles. Il se sentait heureux en compagnie de Jasmine, et ne fronçait légèrement les sourcils que lorsque la fébrilité d'Agnes la poussait à fuir au-dehors, telle Proserpine pourchassée par Hadès. Il n'en aurait fait la remarque à personne si, par un après-midi particulièrement clair et ensoleillé, Milly et Prue, qui étaient sorties jardiner, n'en étaient venues à commenter la tristesse de l'archéologue.

— Le romarin se fane sur son passage, affirma la grand-mère.

— Et hier soir, j'ai entendu hurler les loups, renchérit la tante Prue.

Jasmine leur jeta un regard incrédule.

— Il n'y a pas de loups dans le Surrey, dit-elle. Et je ne crois pas qu'Agnes ait quoi que ce soit contre votre romarin.

— Oh, ce n'est pas de sa faute.

— C'est à cause de cette tristesse qui la ronge.

— Nous avons ajouté du jasmin à son chocolat chaud.

— Ça n'a pas eu beaucoup d'effet.

— Si seulement nous avions du chèvrefeuille…

Jasmin pria sa grand-mère et sa grand-tante de cesser d'empoisonner Agnes avec leurs potions et de s'occuper de leurs affaires au lieu de se mêler de celles des autres. Mais au bout de trois jours, voyant qu'Agnes continuait de ruminer dans son coin, et n'ayant aucune envie de devoir emmener son amie aux urgences à la suite d'une intoxication par les plantes censées guérir la mélancolie, Jasmine attendit qu'Agnes se retire dans sa chambre, le soir venu, et alla la rejoindre.

— Je peux entrer ?

— Oui.

— Les spécialités de Fortnum & Mason te manquent donc à ce point ? Ce n'est sûrement pas celles du Darkness & Shadow, vu que nous avons amené le cuistot avec nous.

— Je suis désolée d'être aussi peu bavarde.

— Peu bavarde ? Tu veux dire muette comme une tombe. Qu'est-ce qui s'est passé avec l'inspecteur Lockwood ? demanda Jasmine de but en blanc. J'ai attendu que tu te décides à tout me raconter, mais là, je commence à ronger mon frein.

— C'est un juste retour des choses, il me semble. Toi non plus tu ne m'as pas dit que tu sortais avec Cadwallader jusqu'à ce que je vous surprenne en train de roucouler au Darkness.

— Ne cherche pas à noyer le poisson, s'il te plaît. Que s'est-il passé avec Lockwood ? insista son amie. Il t'a annoncé qu'il allait mettre le cap sur les mers du sud à bord d'un bateau de pirates dans trois jours ? Ou qu'il a été jadis arracheur de dents, ou avocat ?

Agnes fit une drôle de grimace, comme si elle s'apprêtait à lui lancer les œuvres complètes de Tennyson[1] à la tête. Puis, elle s'aperçut que si elle ne se confiait pas à Jasmine, elle ne pourrait pas fermer l'œil de la nuit.

— Nous avons presque failli dîner ensemble chez ses parents. Avec Sioban et M. Livingstone. Un désastre, conclut l'archéologue dépitée.

---

1. Célèbre poète anglais du XIXe siècle.

— Pourquoi cela ? M. Livingstone a reçu la visite de trois fantômes[1] ?

— C'est lui qui a joué ce rôle.

— Le rôle du fantôme ?

— Des trois.

Agnes lui raconta alors le quiproquo et la fuite qui s'était ensuivie.

— Nous avons échangé nos numéros de téléphone, je suppose que nous allons nous revoir à mon retour.

— Il t'a offert une visite de nuit au British Museum, et tout ce que tu trouves à dire, c'est que vous avez échangé vos numéros ?

— On s'est embrassés.

— Oh, que tu es perverse, Agnes Martí ! Voyant les larmes briller dans les yeux de son amie, Jasmine demanda : C'était si terrible que ça ?

— C'était parfait, répondit-elle d'une toute petite voix.

— Je te comprends. Moi aussi, ça me fait pleurer les baisers parfaits échangés la nuit de Noël au British Museum. C'est à se demander s'il a tous ses esprits pour t'enlever comme ça, en plein réveillon, pour te jurer l'amour éternel devant la momie de Ramsès II.

— Devant les frises du Parthénon, rectifia Agnes. Et il ne m'a pas juré l'amour éternel.

— Mais quand il t'a embrassée, il t'a bien dit : « Depuis ces murs cent mille siècles nous contemplent. »

1. Allusion à Scrooge recevant la visite de trois fantômes dans *Un conte de Noël* de Dickens.

Vaincue par la bonne humeur de Jasmine, Agnes secoua la tête en souriant. Son amie revint à la charge :

— Raconte-moi tout. Il était comment, ce baiser ? Façon *Casablanca*[1] ? Façon *Autant en emporte le vent* ? *Le Seigneur des anneaux* ?

Agnes rit et poussa Jasmine vers la porte, déclarant qu'elle était fatiguée et avait besoin de dormir après toutes ces émotions.

— Bonne nuit, l'archéologue.

— Bonne nuit, Jasmine.

— Tu n'as pas répondu.

— Façon Anakin et Padmé, juste avant de sortir de l'arène de Géonosis[2].

— Parce que John est sur le point de passer du côté obscur ou parce que le chignon que je t'avais fait pour la remise du prix Scrooge était à tomber ?

Agnes fit non de la tête, ses beaux bruns s'embuant dans la pénombre.

— Parce que c'était un instant de pure magie, invisible au reste du monde, juste avant de retourner dans l'arène.

1. Film de 1947 rendu mythique par le baiser échangé entre Humphrey Bogart et Ingrid Bergman.
2. Personnages de *Star Wars*.

17

Agnes s'était habituée avec une facilité déconcertante à la vie à la campagne. Elle se levait tard, aidait aux tâches ménagères – pour quelque mystérieuse raison, ses hôtesses refusaient qu'elle s'occupe du jardin –, ou accompagnait Jasmine au village pour faire les courses. Après déjeuner elle lisait *L'Odyssée de Pénélope* de Margaret Atwood, puis passait la majeure partie de l'après-midi à faire de longues promenades solitaires à travers les magnifiques paysages enneigés de l'ouest du Surrey. Elle avait l'impression de mieux respirer ici, loin de la pollution et des doutes qui la taraudaient. Elle ne s'était pas sentie aussi libre depuis ses étés à Oxyrhynque, lorsqu'elle cheminait entre les tombes silencieuses des rois oubliés.

L'horizon immense avait pour seules limites les grands arbres au feuillage persistant qui se balançaient dans le crépuscule. Çà et là, de petites clôtures témoignaient de la présence humaine, mais elle ne croisait pour ainsi dire personne durant ses longues échappées champêtres. Quand la tristesse l'étreignait, elle sortait vagabonder dans le petit bois de bouleaux et de chênes, telle Arwen se rendant vers les Havres Gris[1], toute espérance envolée.

Souvent, elle allait jusqu'au bord de la rivière Wey pour contempler son cours tranquille. Au printemps, ses eaux allaient grossir, et la végétation qui dormait à présent sous un manteau de neige et de tourbe allait reverdir. À environ un mile de là, Agnes avait découvert les ruines de l'abbaye de Waverley. De cet édifice du XIIe siècle, seules subsistaient les voûtes et les colonnes, ainsi que l'âme de ses grandes murailles tapissées de lierre et de mousse. Premier monastère cistercien d'Angleterre, il aurait, à en croire certains historiens, joué un rôle de ligne de défense durant la Seconde Guerre mondiale. Il ne restait pas grand-chose de sa grandeur passée, mais ses vestiges conféraient à l'endroit une atmosphère mystérieuse et romantique.

Le front pensif, ses cheveux et sa longue écharpe blanche flottant au vent, Agnes marchait de son pied léger de nymphe parmi les colonnes et les ogives d'un autre temps, telle la fée que M. Livingstone la soupçonnait d'être.

Quand elle rentrait à la maison, les yeux pleins de lumière et de mélancolie, elle ôtait son manteau, puis s'étant assurée qu'elle était seule, allait s'installer avec une tasse de thé derrière l'unique mur de verre de la maison et contemplait le jardin. Elle adorait cette paroi de verre qui détonait avec le style rustique de la cuisine aux murs en pierre apparente. On aurait dit

1. Tolkien, *Le Seigneur des anneaux*.

qu'un architecte ultra-branché de passage dans le petit cottage avait tenté d'y laisser sa marque, quoique sans y parvenir totalement. L'atmosphère chaleureuse de la cuisine, où un bon feu de bois crépitait tout au long de la journée dans la cheminée, contrastait agréablement avec le paysage hivernal du dehors.

— Un penny pour tes pensées, lui dit Jasmine, en la trouvant un soir en train de rêver devant le coucher de soleil.

Sans rien dire, Agnes poussa un fauteuil en rotin dans sa direction pour l'inviter à se joindre à elle.

— Il y a un tableau au Victoria et Albert Museum, de Frances Danby… qui s'appelle *Désolation*, je crois.

Jasmine prit une gorgée de thé, s'empara du plaid posé sur les genoux d'Agnes pour l'étaler sur leurs jambes à toutes les deux, et ajouta :

— On jurerait que c'est toi en train de contempler le jardin. Je ne comprends pas ce qui te rend triste. Ni pourquoi tu doutes autant.

— Parce que je suis lâche. J'ai peur.

— Tu as traversé toute seule la moitié d'un continent pour venir faire ta vie ici. C'est le contraire de la lâcheté.

— Je manque de courage.

Jasmine prit une autre gorgée de thé et dit :

— Tu as l'air d'aimer ce mur transparent, qui n'a rien à voir avec le reste de la maison.

— Il est parfait.

— C'est le résultat d'un désastre. L'oncle Robert, qui était un passionné de billard, alors que la tante Prue avait une sainte horreur de ces énormes tables dont les pieds rayaient le parquet, avait réussi à la convaincre de le laisser aménager une salle de jeux. Le seul problème, c'est que Robert n'avait rien d'un architecte, ou même d'un bricoleur, et qu'il n'était pas disposé à payer quiconque pour faire les travaux à sa place. Je ne connais pas tous les détails de l'histoire, mais je sais qu'au premier coup de pioche, le mur est de la cuisine s'est effondré.

Agnes émit un « Oh » de stupéfaction.

— Oui, oui. Un désastre. Non seulement l'oncle Robert a dû dire adieu à sa salle de jeu, mais il a dû dire adieu à ses économies. L'architecte leur a annoncé qu'il allait falloir renforcer toute la structure de la maison et étayer le mur nord, en plus de reconstruire la paroi effondrée.

— Et alors ?

— Il a décidé que ce n'était pas un architecte londonien qui allait lui dire quoi faire chez lui. Il a appelé un ami qui travaillait dans les travaux publics pour lui demander s'il n'aurait pas du matériel de construction en rab. Son ami lui a répondu qu'il était en train d'effectuer des réparations sur le Shard of Glass, mais qu'il pouvait lui faire un bon prix.

— Non !

— Si, s'esclaffa Jasmine. Ce mur qui te semble aussi romantique qu'une ode à la nature de Keats n'est en fin de compte qu'un reste de matériau récupéré sur le gratte-ciel le plus futuriste d'Europe.

— Cette cuisine, ce jardin… sont aux antipodes de la tour d'acier et de verre de la City de Londres.

Jasmine acquiesça.

— Le hasard a voulu que l'oncle Robert transforme le désastre en quelque chose de magnifique. Il aurait pu se dégonfler ou se décourager, mais non. Il aurait pu se dire que la maison allait tomber en ruine à cause de sa désinvolture et du manque d'argent.

— Quand la vie te donne des citrons[1]… commenta Agnes. Il a fait preuve de courage.

— Avoir du courage, c'est ne pas renoncer, aller de l'avant, même si tu es morte de trouille.

— C'est vrai que j'ai peur de laisser John entrer dans ma vie, finit par avouer Agnes. Il y a si longtemps que je vis murée dans la solitude, que j'ai peur de ne pas être capable de partager la vie de quelqu'un. J'ai peur de ce qui pourrait arriver si jamais je lui ouvrais ma porte.

— Pourquoi est-ce que tu dis cela ?

— Parce que John Lockwood est le seul à pouvoir me pousser dans mes retranchements. Parce qu'il a décidé qu'il en serait ainsi, et que je ne peux plus lui résister. Parce que je dépose les armes à chaque fois qu'il m'embrasse. Mais surtout – elle se tourna vers Jasmine et dit d'une voix qui ne tremblait plus – parce que je ne voudrais pas briser le cœur d'un type bien ; je ne me le pardonnerais jamais.

— Tout va bien se passer. (Jasmine lui prit la main et ensemble elles contemplèrent le jardin baigné de clair

1. « Quand la vie te donne des citrons, fais de la citronnade. » Proverbe anglais pour encourager à garder une attitude positive face à l'adversité.

de lune.) Et quand bien même ce ne serait pas le cas, quand bien même ta vie entière s'effondrerait, comme le mur de cette cuisine, souviens-toi que des pires désastres peuvent naître des choses extraordinaires.

John avait dit qu'il arriverait sur le coup de quatre heures, mais à trois heures il était déjà en train de frapper à la porte du cottage rose. Comme il était en avance, l'accueil qu'il reçut n'était pas exactement ce à quoi il s'attendait. Un géant au poil roux et à la mine patibulaire s'encadra dans l'embrasure sans l'inviter à entrer.

— Je suis l'inspecteur Lockwood, dit John, sans même réfléchir.

Il était tellement intimidé qu'il avait eu recours à la formule officielle.

— Oui, répondit R. Cadwallader.

— Nous nous sommes vus à Londres, à la gare de Waterloo.

— Oui.

— J'aimerais parler à Agnes.

— Qui est-ce, très cher ? demanda Milly en s'approchant, intriguée, le bas de sa longue robe couleur lavande balayant le parquet de bois sombre. Ooooh ! s'exclama-t-elle en voyant John.

Elle ôta ses lunettes, les essuya soigneusement avec sa manche avant de les remettre sur son nez pour s'assurer qu'elle n'avait pas la berlue.

— Ce doit être le nouveau jardinier, déclara Prue en se frayant une place entre Cadwallader et sa sœur.

J'ai bien insisté pour que l'agence nous l'envoie avant la fin des vacances… Ooooh.

— Nous n'en avons jamais eu un aussi beau, dit Milly sans réfléchir.

— Ce n'est pas pour autant qu'il sait faire pousser des hortensias, souligna sa sœur.

— Bonjour, jeune homme. Entrez, entrez. Vous allez tout nous expliquer. Mais pas ici, dans ce froid de loup.

— Au coin du feu, avec une bonne tasse thé.

— Vous expliquer quoi ? se risqua à demander John.

— Eh bien, comment comptez-vous vous y prendre ?

— M'y prendre… ? John lança, un regard suppliant à Cadwallader pour qu'il lui vienne en aide.

Il avait lu quelque part que le code d'honneur des guerriers gallois les obligeait à venir en aide aux voyageurs en difficulté. Ou quelque chose de ce genre.

— Vous y prendre pour faire pousser les hortensias, lui lança le cuistot du Darkness & Shadow, qui semblait avoir pris l'inspecteur en pitié.

— Beau comme un cœur, mais complètement idiot, soupira Prue. J'en étais sûre.

— Vous ne m'aidez guère, lança le policier à Cadwallader. Mesdames, je ne suis pas le nouveau jardinier.

— Dans ce cas, pourquoi dites-vous que vous l'êtes ?

— Je n'ai jamais dit une chose pareille.

— Et si vous n'êtes pas le jardinier, pourquoi l'agence vous a-t-elle envoyé ? s'étonna Milly.

— Personne ne m'a envoyé.

— Il est flic, expliqua Cadwallader.

—Il doit y avoir une erreur, insista la vieille dame. Prue, nous n'avons pas commis d'infraction au moins ?

—Quand je te disais que nous n'aurions pas dû renvoyer le jardinier la semaine dernière. J'étais sûre qu'il allait porter plainte.

—Je ne suis pas en service.

—Ah bon, se rassurèrent les deux sœurs. Vous voulez dire que vous faites du jardinage à vos heures perdues ?

—Agnes Martí ! cria Lockwood en reculant d'un pas. Scotland Yard !

—Vous êtes venu pour l'arrêter ? s'exclama Millie, les yeux embués par l'émotion derrière ses lunettes violettes.

—Si elle a commis un délit et qu'elle se trouve chez nous, elle est intouchable, rétorqua Prue le plus sérieusement du monde.

—Cela ne vaut que pour les églises… et c'est une règle qui remonte au XIXe siècle, marmonna John.

C'est alors qu'apparut la nymphe, vêtue d'une robe blanche en laine à col roulé, les cheveux défaits, les pieds nus dans des chaussettes de laine vert pomme, et les joues rouges d'être restée un long moment au coin du feu. Son sourire illumina les cieux et sauva l'inspecteur Lockwood du désespoir absolu.

—Que veut Scotland Yard ? demanda-t-elle en plongeant ses grands yeux de biche dans ceux de John.

—De l'aide, dit-il, la voix subitement rauque et le cœur battant à tout rompre.

Ils marchaient d'un pas rapide, dans le jour déclinant, laissant des empreintes dans la neige, sous le ciel teinté de rouge et d'orangé.

— Tu avais l'air un peu intimidé par R. Cadwallader.

De petits nuages de vapeur blanche dansaient au rythme des paroles d'Agnes, tandis qu'elle réglait son allure sur celle de John.

— Juste un peu ?

Elle éclata de rire, et le policier en profita pour saisir sa main dans la sienne gantée. Il la regarda en souriant, et songea que ce séjour à la campagne lui avait réussi. On aurait dit qu'elle était sur le point de se mettre à voler.

— Je croyais que tu étais armé.

— Je ne suis pas en service. Et ce type pourrait impressionner un char d'assaut.

— Tu n'as pas eu trop de mal à trouver la maison ?

— Si. Jusqu'à ce que j'éteigne le GPS. Après quoi, je l'ai trouvée sans problème. Mais où est-ce que tu m'emmènes comme ça ?

— Tu verras, répondit Agnes avec un air mystérieux, tandis qu'ils traversaient la rivière Wey en empruntant un petit pont aussi vieux que le mur d'Hadrien[1]. Qu'y a-t-il de si urgent qui ne puisse attendre qu'on soit de retour à Londres ?

— Ceci, murmura John en s'arrêtant et en l'embrassant doucement. Et un message de M. Livingstone.

1. L'empereur Hadrien fit édifier un mur de défense aux alentours de 122 av. J.-C. au nord de l'Angleterre.

Agnes l'entraîna jusqu'à un banc de bois d'où l'on apercevait au loin des collines parsemées de brebis blanches paissant dans le jour déclinant.

John s'assit et tendit son téléphone à Agnes.

— Edward exige que tu appelles ce numéro. C'est lui-même qui l'a mis en mémoire.

— Maintenant ?

Il fit oui de la tête.

— Demande à parler à Alice Shawn. Dis-lui qui tu es et elle t'expliquera.

— M'expliquera quoi ?

— Appelle, répéta l'inspecteur Lockwood, une expression indéchiffrable sur le visage.

Pendant tout le temps que dura la conversation, John garda le silence. Quand Agnes raccrocha, le temps, la vie même, sembla suspendre son vol.

— Alice Shawn vient de m'offrir un poste de conservatrice de la collection égyptienne au musée Ashmolean. Elle a lu mon curriculum, vu que j'avais participé aux fouilles d'Oxyrhynque et appelé mon professeur, le Dr Padró, qui m'a recommandée pour le poste. Le musée Ashmolean et l'Université de Barcelone collaborent à un programme commun de recherches archéologiques depuis des années. Je vais devoir passer des entretiens, mais elle dit que je suis la candidate idéale et qu'elle se chargera de relancer le jury s'ils ne m'ont pas contactée d'ici deux semaines.

— Félicitations.

Agnes embrassa John de toutes ses forces. Elle avait envie de rire, de danser, de chanter. Elle aurait même pu s'envoler à cet instant précis, si la présence de cet homme formidable ne l'avait pas retenue sur terre. Ce fut comme si l'énorme pierre sous laquelle tous ses sentiments étaient enfouis s'était soudain détachée et avait roulé au pied de la colline. Une joyeuse légèreté s'empara d'elle. Cette fois, elle était certaine d'être amoureuse de John Lockwood.

— Merci.

— C'est ce que tu voulais ?

— Tout à fait. C'est pour cela que je suis venue à Londres. C'est une opportunité en or !

Cette fois, ce fut John qui la serra dans ses bras et la garda un long moment contre lui. Quand ils se séparèrent, il eut l'impression que le sourire d'Agnes contenait toute la lumière du monde.

— Le musée Ashmolean, c'est loin ? murmura l'inspecteur Lockwood, une expression inquiète dans ses yeux bleus. C'est un poste qui va t'obliger à voyager et à t'absenter pendant de longues périodes ?

— Le musée est à Oxford. Et je crains de ne pas pouvoir m'absenter souvent de mon bureau ou de l'atelier de restauration.

John pesta entre ses dents.

— M. Livingstone m'a laissé entendre qu'il s'agissait d'un poste qui t'amènerait à entreprendre de dangereuses expéditions dans des zones inhabitées du Danemark. Il a parlé de chasse aux trolls.

— Je croyais que tu étais content pour moi ?

— Je le suis.

— Tu te réjouissais à l'idée que j'aille chasser le troll dans des contrées perdues du Danemark ?

— Me réjouir, non, mais si cela peut te rendre heureuse…

— John, l'Ashmolean se trouve à Oxford, et le pire qui puisse m'arriver, c'est d'être obligée d'aller là-bas les fins de semaine.

— Pas de trolls alors ?

— Pas le moindre.

— Pas de steppes désertiques ?

— Non, juste Oxford, ses flèches gothiques et le souvenir des Inklings.

— Tu me proposes de passer les fins de semaine là-bas avec toi ?

— Oui.

Cette fois, ce fut Agnes qui prit les devants et l'embrassa.

— Je serais allé au Danemark s'il l'avait fallu, affirma Lockwood quand leurs lèvres se séparèrent.

— Tu ne connais rien aux trolls.

— Mais tu m'aurais sauvé, dit-il. Tu m'as sauvé.

— De quoi pourrait te sauver une libraire aux pieds nus, John Lockwood ? murmura Agnes, tandis qu'une fossette se creusait au coin de ses lèvres.

— Du bruit et de la fureur.

Si le reste de l'Angleterre se préparait à passer une nuit glaciale, le froid n'avait en revanche aucune prise sur eux tandis qu'ils marchaient main dans la main, en respirant à l'unisson, dans le paisible silence de la campagne, le vent d'hiver et la bonne odeur de feu de bois.

— Dis-moi que je ne rêve pas ! dit soudain Agnes.

Elle lui parla des innombrables CV qu'elle avait envoyés à son arrivée à Londres, des entretiens d'embauche, de la fatigue, de l'énergie dépensée, et, pour finir, du découragement qui s'était emparé d'elle. Elle n'arrivait pas à croire que son projet professionnel était sur le point de devenir réalité.

— Ce n'est pas un rêve, la rassura John. Et au risque de passer pour le jardinier que je ne suis pas, je te dirai qu'on récolte toujours ce qu'on sème.

— J'ai peur que ce ne soit qu'un mirage, un de ces romans *feel good* que Jasmine dévore et qui finissent toujours bien, pour que les lecteurs puissent s'évader de leur quotidien et oublier tous leurs soucis.

— Peu m'importe que ce soit un roman du moment que tu ne vas pas au Danemark.

Au loin, la petite maison rose se découpait dans l'obscurité, toutes ses fenêtres du rez-de-chaussée joyeusement éclairées, tel un phare guidant les pèlerins égarés dans la nuit. Agnes s'arrêta un instant, serra les mains de John dans les siennes et le regarda en souriant.

— Inspecteur Lockwood, c'est un honneur de vous avoir à mes côtés. Je n'hésiterais pas à vous prendre pour compagnon, y compris pour partir à la chasse aux trolls.

18

Le jeudi, jour des imprévus chez Moonlight Books, Oliver Twist entra dans la librairie avec un chiot labrador à poil fauve. Le garçon et l'animal étaient unis par les liens invisibles de cet amour inconditionnel que seuls un loupiot de huit ans et une boule de poils peuvent se vouer mutuellement.

— Non, dit M. Livingstone dès qu'ils franchirent le seuil.

— Vous aviez dit que je pouvais venir avec un ami.

— Là, il s'agit d'un chien.

— Mais c'est aussi mon ami.

L'ami en question se mit à agiter gaiement sa queue tout en mâchouillant le bas du pantalon du libraire. Edward le souleva de terre d'une seule main, l'examina d'un œil critique, puis le rendit à son maître.

— Il est couvert de poils, il marche à quatre pattes et il bave sur les livres, déclara-t-il.

— Vous n'aviez pas précisé le nombre de pattes quand vous m'avez dit que je pouvais amener des amis, se défendit Oliver en reposant le toutou à terre. Et Liv ne mange pas de livres.

— Tu l'as appelé Liv ?

— C'est la version abrégée de M. Livingstone.

— Tu es le gamin le plus culotté de tout l'hémisphère, Oliver Twist.

— Je suis le seul gamin que vous connaissiez sur toute la planète Terre.

— Pour la bonne raison que je remets toujours le moment de faire connaissance avec les enfants. C'est pour moi une telle épreuve que je procrastine et procrastine. Résultat, quand je me décide, ils sont devenus adultes.

— Dans ce cas, vous devriez être content que je sois venu à vous.

— Je suis fou de joie, déclara le libraire avec le plus grand sérieux.

— On ne dirait pas.

— Peut-être parce que tu essaies de faire entrer un chien dans ma boutique.

— Pfff ! Laissez-le monter une bonne fois, ronchonna l'écrivain résident. On ne peut pas travailler avec tout ce raffut.

— Je préférais quand il ne desserrait pas les dents, souffla M. Livingstone tout bas à Oliver.

Le libraire se dirigea vers l'arrière-boutique en marmonnant quelque chose au sujet de l'exil de l'écrivain vers le Starbucks le plus proche, et de cette maudite lampe bleue, ainsi que de l'impérieuse nécessité de prendre une tasse de thé. Oliver s'empressa d'interpréter ce repli comme la permission implicite de monter à l'étage avec Liv.

Quand M. Livingstone s'en revint avec le catalogue des nouveautés du trimestre, un ou deux clients étaient en train de fureter parmi les rayonnages. Il s'installa derrière le comptoir et attendit, résigné, que les barbares se mettent à le bombarder de questions. Ce qui ne tarda pas à arriver.

— Je vais prendre celui-là pour mon neveu, dit un trentenaire aux cheveux en bataille, en déposant un exemplaire de *Contes des Particuliers* de Ransom Riggs. Il a bien aimé la première partie.

— C'est un recueil de contes, précisa M. Livingstone. Il n'y a pas de première partie. Ni de seconde.

— Mais si, nous l'avons vue ensemble au ciné, avec Eva Green dans le rôle principal.

— Vous voulez parler de *Miss Peregrine et les enfants particuliers*, du même auteur.

— Oui, c'est ça.

— La deuxième partie s'intitule *Hollow City*.

— Mais les enfants particuliers apparaissent aussi dans ce livre-là ?

— J'imagine, supputa M. Livingstone, qui commençait à en avoir assez de cette discussion sans queue ni tête. Mais ce sont des contes.

— Je crois qu'il n'aime pas les contes.

— Dans ce cas, il ne va probablement pas aimer ce livre.

— Mais étant donné que c'est la deuxième partie…

— Ce n'est pas la deuxième partie, insista M. Livingstone, contrarié et les sourcils froncés.

— D'après vous, on peut lire l'un sans avoir lu l'autre ? Parce que je pense…

— Vous pensez ? Non… sérieux ?

— Ah, vous voulez dire qu'il faut avoir lu le tome 1.

— Je me référais à votre capacité à penser.

— Je vois, vous faites partie de ces libraires…

— Désenchantés ?

— Tenez, dit Agnes Martí en tendant au client un exemplaire de *Hollow City*.

M. Livingstone ne l'avait pas vue entrer, occupé qu'il était à donner la réplique à ce type borné. Elle ne devait pas être là depuis bien longtemps, car elle avait encore son manteau gris et les joues rosies par le froid du dehors.

— Celui-ci lui plaira davantage, dit Agnes.

— Ah, c'est celui que je cherchais. Merci infiniment, mademoiselle. Ça fait plaisir d'avoir affaire à des libraires comme vous.

Agnes encaissa le livre, l'emballa dans du papier cadeau et attendit qu'il soit sorti de la boutique avant d'ôter son manteau, son écharpe et ses chaussures. Du coin de l'œil, elle observait Edward, qui s'était retiré en ronchonnant au fond de la librairie, où une jeune fille observait les rayonnages d'un œil farouche.

— Puis-je vous aider ?

M. Livingstone n'avait pas pour habitude d'aborder les chalands le premier, mais on aurait dit que l'intervention d'Agnes lui avait laissé un goût amer et qu'il cherchait d'une certaine façon à lui démontrer qu'il était parfaitement capable de venir à bout des clients les plus difficiles.

— Non, non, je n'ai pas l'intention d'acheter de livre, répondit la fille. Je n'aime pas lire.

M. Livingstone manifesta sa surprise avec un haussement de sourcils.

— Je suis entrée pour me réchauffer. Il fait un froid de canard dehors.

— Une tasse de thé ? proposa Agnes à Edward pour court-circuiter la réponse cinglante qu'il s'apprêtait à faire à la fille qui détestait les livres.

— Oui, merci, répondit cette dernière.

Remarquant qu'une veine s'était mise à palpiter sous l'œil gauche du libraire, Agnes le prit par le coude et l'entraîna aussitôt vers le coin des romantiques. Quand elle revint avec du thé pour deux, ainsi que du marbré au chocolat et de la crème anglaise, M. Livingstone lui parut un peu plus détendu.

— Je ne vais pas vous demander comme s'est passée votre échappée bucolique dans la campagne anglaise, lui dit-il, car vous avez l'air radieuse.

— Merci.

— Vous avez reçu mon message ?

— Oui. Et votre messager.

Agnes rougit, et M. Livingstone laissa échapper un soupir.

— Quand partez-vous ?

— Alice m'a dit qu'elle me rappellerait la semaine prochaine pour m'informer de la date du premier entretien.

— Je me référais à votre départ de Moonlight Books.

Ils se regardèrent l'un l'autre en silence. M. Livingstone oublia la citation littéraire qu'il était sur le point de déclamer. Une tristesse infinie avait envahi les yeux d'Agnes. Elle aurait voulu lui répondre « jamais », mais elle rassembla ses forces et murmura d'une toute petite voix :

— Si vous êtes d'accord, j'attendrai d'avoir une proposition ferme.

— Vous pouvez rester aussi longtemps que vous le voudrez, dit Edward avant de prendre une gorgée de thé revigorante. Oxford peut attendre.

— Pourquoi avez-vous dit à John que j'allais partir chasser le troll au Danemark ?

— Il s'agit d'un regrettable quiproquo. Je lui ai dit que je venais de recevoir la nouvelle édition de *Chasseur de trolls* de James McBryde, et il a eu l'air intéressé…

— Monsieur Livingstone.

— Je n'ai pas pu résister à l'envie de le faire souffrir un peu, confessa le libraire, une lueur espiègle dans les yeux.

Il avait oublié Oliver et son chien, l'écrivain résident, l'oncle indécis et la fille qui était entrée pour se réchauffer. C'était ça la magie de Moonlight Books.

— Il m'a dit aussi que le journal du Dr Livingstone avait réapparu.

— C'est moi qui l'avais pris, confessa Oliver, en faisant irruption dans le coin des romantiques, précédé de son nouvel ami.

Il étreignit Agnes avec une spontanéité qui émut la jeune archéologue, puis lui présenta son labrador.

— C'est Liv.

Edward émit un claquement de langue désapprobateur tandis qu'Agnes ébouriffait le poil du chiot et son petit maître.

— J'ai l'impression d'être dans un roman d'Enid Blyton, grommela le libraire.

— Oh, je vois ce que vous voulez dire. Jasmine m'a obligée à lire *The Lost Art of Keeping Secrets* d'Eva Rice.

— Cette inclination de votre amie pour les romans sentimentaux me laisse pantois.

— Le monde serait meilleur si nous n'avions pas honte de nos coups de cœur.

— C'est quoi un coup de cœur ? demanda Oliver tout en mordant dans la part de gâteau qu'Agnes lui avait donnée.

— C'est toi.

— Attention, n'égarez pas notre futur explorateur spatial avec des définitions approximatives, la semonça M. Livingstone. Il a apporté un chien dans ma librairie ; il s'empiffre de gâteau et il a berné l'inspecteur Lockwood avec ses dons de serrurier youtubeur. Il n'y a là rien de bien attendrissant chez un enfant de huit ans.

— Pourquoi n'avez-vous pas dit à John qu'Oliver avait emprunté le journal ?

— Parce que c'était un secret entre gentlemen.

— Et parce qu'on aimait bien quand l'inspecteur venait à la librairie, confessa le garçon. Ça faisait un peu peur, comme dans l'histoire que je suis en train de lire, *Amanda et les amis imaginaires*[1].

— Agnes aussi avait peur de l'inspecteur Lockwood. Elle croyait que c'était un ogre et qu'il allait la dévorer, dit M. Livingstone en clignant de l'œil.

— Je croyais qu'il allait m'accuser d'avoir volé le journal.

— Il est bien connu que le taux de criminalité ne cesse d'augmenter parmi les jeunes diplômées en archéologie. De récentes statistiques font état de…

— Racontez-moi ce qui s'est passé avec le journal, le coupa Agnes.

— D'abord, dites-moi de quoi vous aviez peur. Pas de vous faire arrêter, n'est-ce pas ?

— C'était une peur justifiée.

— La peur de tomber amoureuse de John Lockwood ?

— Qu'est-ce qui vous fait dire ça ?

— Une remarque très pertinente de Sioban.

— Je croyais qu'elle n'était que de passage à Londres.

M. Livingstone se resservit du thé et la regarda par-dessus ses lunettes, les sourcils froncés. Oliver, qui attendait qu'Agnes lui lise la suite du livre de Harrold, épousseta les miettes de gâteau au chocolat accrochées à sa manche et vint s'asseoir aux pieds de la fée. Ses frêles épaules appuyées contre les jambes de la jeune fille et Liv sur ses genoux, il était si douillettement

1. Roman jeunesse de A.F. Harrold.

installé qu'il se mit à piquer du nez comme un papy au coin du feu.

— Bien vu, dit Edward après avoir médité la réplique d'Agnes. Elle pensait tous nous abandonner à la première occasion.

— Il y a des personnes qui mettent plus de temps que d'autres à ouvrir leur cœur.

— Comme on ouvre une huître ?

— Comme tout être humain qui se retrouve loin de sa maison.

— « Notre maison est là où se trouvent nos livres », Sir Richard F. Burton.

Après la course folle des emplettes de Noël, Agnes se délectait de cet après-midi paisible chez Moonlight Books, de l'arôme subtil de l'Earl Grey et du chocolat. Elle se renversa dans son fauteuil, poussa un soupir de satisfaction et regarda le libraire dont les yeux souriaient malgré son air grincheux.

— Vous avez des projets pour le mois d'avril ? lui demanda M. Livingstone.

— Lire.

— C'est à cause de réponses comme celle-là que vous êtes devenue une de mes personnes préférées dans ce monde.

— Vous m'avez refilé le virus de la lecture.

— En avril, il faut que vous soyez à Londres pour assister sans faute à mon mariage.

— Oh, monsieur Livingstone ! Mes plus sincères félicitations. Comment… ?

— Le soir de Noël. Après être sortis de l'épouvantable maison de vos futurs beaux-parents. Sioban m'a fait sa demande, ajouta fièrement le libraire. Dans les jardins de Kensington.

— Quelle bonne nouvelle !

— Vous êtes sûre ?

— Pourquoi dites-vous cela ?

— Parce que je voudrais que vous soyez mon garçon d'honneur.[1]

L'après-midi s'écoula tranquillement. Quelques rares clients s'étaient enhardis à braver la neige pour s'acheter un bon livre. Comme s'il s'agissait d'une métaphore de la vie, la plupart des gens préféraient rester bien au chaud devant la télé plutôt que d'aller tenter l'aventure au-dehors. La maison d'un Anglais est son château[2], même quand il n'a pas de bibliothèque.

Agnes lut quelques pages des *Imaginaires* et de *Contes par téléphone* de Gianni Rodari à Oliver et Liv, remit à leur place les classiques qui avaient été sortis pour être exposés durant les fêtes de fin d'année – Edward avait une théorie selon laquelle les gens ne savaient jamais quoi offrir à leur grand-père à Noël, jusqu'à ce qu'ils surfent sur Google et découvrent que « vieux » et « classiques » étaient associés. Tout en rangeant, elle s'efforçait d'absorber chaque détail de ce lieu qui l'avait

1. Dans la tradition anglaise, un garçon d'honneur mène le marié à l'autel.
2. Proverbe anglais dont l'équivalent en français serait « charbonnier est maître chez lui ».

accueillie quand elle était perdue. Le parquet de bois massif qui craquait sous ses pieds nus, le magnifique escalier Art nouveau en fer forgé, la verrière à demi enfouie sous la neige, les fous rires d'Oliver dans la section Histoire, le crépitement du clavier de l'écrivain résident, les centaines de livres qui attendaient patiemment d'être découverts par des lecteurs, le présentoir avec les beaux livres de M. Livingstone, la vitrine avec le journal réapparu…

Quand Roberta Twist passa prendre son fils et leur souhaita la bonne année, laissant M. Livingstone bouche bée, ce dernier décida que la journée était terminée. Il dit au revoir au garçon et à son ami à quatre pattes, puis retourna la pancarte côté FERMÉ, même si celle-ci n'avait jamais vraiment fait la preuve de son efficacité, puis il rappela à Agnes qu'il était temps pour elle de regagner Imladris.[1]

— Ou je ne sais quel autre lieu habité par les fées, marmonna-t-il, la pipe entre les dents.

— J'aimerais pouvoir rester ici pour toujours. C'est le seul lieu au monde où je me sens véritablement à l'abri.

— Je vous rappelle que c'est ici que John Lockwood vous a débusquée.

Agnes sourit. Elle enfila ses chaussures, son manteau, ses gants et son écharpe, et jeta un regard

1. Demeure des elfes et des fées dans *Le Seigneur des anneaux* de Tolkien.

plein de nostalgie à la magnifique librairie et son escalier en colimaçon.

— Ici, tout est possible.

— Vous trouverez votre chemin, Agnes. Il est sous vos pieds.

Devinant ses intentions, le libraire la retint d'un geste. Il n'était pas certain de parvenir à garder son flegme légendaire si la fée le serrait dans ses bras.

— Toute ma vie, j'ai cherché un lieu comme celui-ci. Un lieu où je peux être moi-même et me mettre sans appréhension à la recherche du bonheur.

Elle enroula l'écharpe bleue de John autour de son cou et prit congé, les larmes aux yeux.

— À demain, monsieur Livingstone.

Elle se demanda pendant combien de jours encore elle aurait la chance de prononcer ces mots, puis elle sortit sans un regard en arrière.

Elle n'avait pas fait dix pas qu'elle entendit la voix du libraire qui la rappelait :

— Agnes !

Edward était sorti de Moonlight Books, et se tenait sous la lumière vaporeuse des réverbères du Temple, en manches de chemise, avec son gilet gris dont dépassait la chaîne de sa montre de gousset. Agnes aurait voulu garder gravée à jamais dans sa mémoire cette image d'authentique gentleman victorien, sobre et taciturne. Les premiers flocons de la nuit se mirent à tomber mollement sur leurs têtes.

— Agnes, répéta M. Livingstone. Le lieu que vous cherchez ne se trouve pas ici. (Il fit une pause et lui adressa un de ses rares sourires.) Il est dans votre cœur.

Et cette fois, faisant fi de toute protestation qu'il aurait pu émettre, la jeune fille revint sur ses pas et, dans le lent tourbillon des flocons, prit le libraire dans ses bras et l'étreignit de tout son cœur.

ÉPILOGUE

Par un beau jour de printemps, Agnes Martí posa sa main droite sur la poignée en forme de plume de Moonlight Books et poussa la porte. Il y avait deux mois qu'elle n'était pas revenue ici, mais dès qu'elle sentit l'odeur des livres neufs et que ses pieds foulèrent le vieux parquet de bois, ce fut comme si elle n'était jamais partie.

— La librairie est fermée ! Ah, c'est vous, lui sourit Caldecott, plus ressemblant que jamais à Mister Magoo. Vous arrivez au pire moment, Edward est en train de déclamer Thucydide.

Agnes s'abstint de dire au vieux tailleur que, pire moment ou pas, elle avait été invitée à l'événement et avait la ferme intention d'accompagner le marié jusqu'à l'autel. Caldecott, l'air désorienté, ne cessait de tourner en rond dans la librairie, comme s'il y avait tant à faire qu'il ne savait par où commencer.

Oliver dévala l'escalier quatre à quatre et s'élança dans les bras d'Agnes.

— Oh, mais comme tu es beau ! le félicita la jeune fille après avoir embrassé le petit astronaute.

— C'est un costume de cérémonie ; c'est M. Caldecott qui me l'a prêté. Il dit qu'un Russe célèbre l'a porté quand il était enfant.

— Le tsar Nicolas II, de la dynastie des Romanov, expliqua le tailleur.

— Il a dû le mettre pour disputer un match de cricket en plein été, souffla Oliver à Agnes. Il empestait tellement la sueur que maman a dû l'apporter au pressing.

— Où est M. Livingstone ?

— Clara l'a emmené faire un tour.

— Il ne tient pas en place.

— Non, il fallait qu'il fasse pipi.

Agnes le regarda sans comprendre.

— Il veut parler du chien, lança le vrai M. Livingstone en venant se planter entre eux et en ajustant la cravate de Twist.

— J'avais compris, mentit Agnes.

— Mais que faites-vous ici ?

— C'est moi qui dois vous conduire à l'autel.

— Vous avez apporté les pistolets ?

— J'ai oublié.

— Comme vous avez oublié comment vous rendre à l'église du Temple, dit M. Livingstone, en la dévisageant de ses petits yeux bleus.

Il faillit sourire quand Agnes hocha la tête et haussa les épaules, l'air contrit. Edward contempla son ancienne assistante et la trouva, comme toujours, absolument ravissante. Elle portait un chignon haut et une longue robe bleu ciel sans manches à fines bretelles de soie. Quand elle bougeait, sa robe émettait un froufrou autour d'elle.

— Si je ne connaissais pas votre penchant pour la Révolution française, dit M. Livingstone, qui ne ratait jamais une occasion de railler les Français, je vous dirais que vous êtes aussi belle qu'une certaine reine.

— Merci.

Le libraire consulta sa montre et dit, l'air grave :

— Nous avons juste le temps de prendre une tasse de thé.

Il posa quatre flûtes à champagne sur le comptoir, déboucha une bouteille de Moët & Chandon et versa le pétillant liquide doré. Il remplit la quatrième coupe d'eau de Vichy et la tendit à Oliver. Il attendit que Caldecott eût expédié ses soi-disant tâches urgentes, demanda le silence, et tous levèrent leur verre pour trinquer.

— N'oubliez jamais que le secret du bonheur réside dans la liberté, et le secret de la liberté dans le courage, déclama M. Livingstone, sa coupe levée.

— Je vous avais prévenue, soupira le tailleur. Nous avons eu droit à Thucydide toute la matinée.

— Au bonheur, à la liberté et au courage, approuva Agnes avant de tremper ses lèvres dans le champagne.

— Quelles bonnes nouvelles apportez-vous d'Oxford, mademoiselle le garçon d'honneur porteuse de l'anneau ? demanda le libraire.

— J'ai l'impression d'être Frodon.

— À cause de l'anneau ? Vous êtes censée me mener à l'autel.

— À cause d'Oxford, dit Agnes en décochant un clin d'œil à Livingstone. Rien de nouveau là-bas, que des antiquités, bien à l'abri dans le musée Ashmolean.

— Voilà qui est rassurant.

— Les Oxoniens ne sont pas de cet avis.

— Parce qu'ils ont reçu la visite de l'inspecteur Lockwood.

— Oh, oui, rit Agnes.

— J'aurais le cœur brisé s'il ne venait pas à mon mariage.

Agnes était en train de lui expliquer que John s'était proposé pour aller chercher Sioban et l'amener à l'église dans sa voiture, quand un tourbillon de boucles violettes, en robe à fleurs et pantoufles, fit irruption dans la boutique, malgré Charlie Caldecott qui tentait désespérément de lui faire barrage.

— Monsieur Livingstone !

— Madame Dresden !

— Vous voilà bien élégant !

— N'est-ce pas du devoir d'un libraire de recevoir ses clients comme ils le méritent ?

— Il va se marier dans quarante minutes, madame Dresden, intervint le tailleur, en roulant des yeux excédés.

Il commençait à comprendre pourquoi Edward se plaignait de l'invisibilité de la pancarte FERMÉ qu'il accrochait pourtant bien en vue à la porte de sa boutique.

— Qu'est-ce que vous faites ici dans ce cas ? Vous ne devriez pas être en route pour l'église, la mairie, où un bois près d'Athènes, comme dans *Le Songe d'une nuit d'été* ?

— L'église est à deux pas… Enfin je crois, balbutia Agnes.

M. Livingstone la foudroya du regard.

— Ah, dans ce cas, j'ai le temps de choisir un livre pour le week-end, dit la femme avant de disparaître à l'étage d'un pas sautillant.

Au même instant, la porte de la librairie s'ouvrit de nouveau, et l'écrivain résident entra tel Ulysse découvrant Ithaque, puis salua la compagnie d'un « bonjour » affable avant de se diriger vers sa place habituelle.

— Excusez… dit M. Caldecott, qui ne s'avouait pas vaincu malgré sa récente défaite.

— Ne t'en fais pas, Charlie, l'interrompit Edward. Laissons-le profiter de l'influence bénéfique de sa lampe bleue.

— Je passerai un peu plus tard pour fermer, proposa Agnes.

— Au bon vieux temps ! s'exclama le libraire en levant sa coupe de champagne.

— Aux vieux amis ! répondirent en chœur Caldecott et Agnes.

— Je ferais bien de monter conseiller Mme Dresden sur une lecture, sans quoi, il sera bientôt minuit et notre Cendrillon nous laissera son soulier de verre, dit M. Livingstone avec un regard appuyé à Agnes, dont les escarpins pointaient à peine sous sa longue robe bleue. Jolis souliers, mon cher Watson.

— Merci, mon cher Holmes.

La jeune fille contempla la librairie où régnait une exquise quiétude, interrompue çà et là par le crépitement du clavier de l'écrivain résident et la voix étouffée de Mme Dresden, qui contestait les propositions de lectures d'Edward à l'étage.

— Pourquoi est-ce qu'Oliver et vous ne partez pas devant ? suggéra Agnes à Caldecott.

— Bonne idée. Comme ça, je pourrai rassurer Sioban sur les honorables intentions de son promis.

— Parce que vous pensez qu'il pourrait revenir sur sa décision ?

— Parce qu'Edward est tellement distrait par les livres qu'il serait capable d'oublier qu'il se marie aujourd'hui, expliqua le tailleur. Viens, Oliver.

— Je préfère y aller avec Agnes.

— Je vous rejoins tout de suite, promit Agnes. Dès que Mme Dresden aura fait son choix. Elle se pencha vers le garçon et, plongeant ses yeux dans ses yeux vivaces, demanda : Tu n'as rien pris sur le présentoir préféré d'Edward, au moins ?

— Mais ces livres-là ne sont pas gardés sous clé ! protesta Oliver.

Quelques minutes plus tard, Caldecott et Twist sortirent de la librairie et mirent le cap sur l'église, tandis que Mme Dresden descendait l'escalier suivie de près par M. Livingstone. Le libraire s'approcha du comptoir, mit une bonne grosse pile de livres dans un sac en papier, encaissa la cliente et lui dit de ne pas revenir à la boutique avant le mois de mai.

— Parce que je serai en voyage de noces.

— À Narnia ?

— C'est une plaisanterie, madame Dresden ?

La femme rougit, contente d'elle, et laissa échapper un petit rire de collégienne.

— Sioban et moi allons passer une quinzaine de jours dans le rude pays de Walter Scott. Châteaux hantés, épées claymores[1]…

— Pas avant mai ?

— Pas avant mai, confirma le libraire.

Mme Dresden fit la moue.

— Allons, ne boudez pas, chère madame. Vous venez d'acheter la saga complète de *Une Chanson de glace et de feu* de George R.R. Martin. Vous avez de la lecture jusqu'à l'hiver prochain.

Mme Dresden prit congé d'Edward, lui souhaita une belle lune de miel et lui recommanda de garder Sioban à l'œil dans les Highlands écossais ; ayant lu plusieurs romans où il était question de la fougue amoureuse et de la hardiesse des hommes du Nord. M. Livingstone lui promit de faire attention et de la tenir informée sur ce sujet quand il rentrerait. Ce à quoi Mme Dresden répondit qu'elle déciderait de sa prochaine destination de vacances en fonction des retours que lui ferait Edward sur l'Écosse.

1. Grandes épées à deux mains typiques des Highlands écossais.

— J'irai sans mon mari, dit-elle avant de sortir de la librairie.

— Bien, dit M. Livingstone quand Agnes et lui furent de nouveau seuls, la présence de l'écrivain résident ne comptant pas lorsque ce dernier était en plein processus de création littéraire.

— Bien, dit Agnes.

Edward enfila son frac, en lissa les revers, ajusta la rose blanche que Charlie Caldecott avait passée dans sa boutonnière, consulta encore une fois sa montre, la rangea de nouveau dans sa poche de gilet, puis sourit à Agnes.

— Prête ?

Agnes acquiesça, tout sourire, puis passa son bras sous celui de M. Livingstone et, de son autre main, ramassa la traîne de sa robe de mousseline.

— Je ne suis pas certain qu'il soit tout à fait légal d'avoir pour garçon d'honneur une aussi belle et brillante jeune fille, plaisanta le libraire avant de franchir la porte.

— Je ne pense pas que l'inspecteur Lockwood va vous arrêter.

— Vous m'avez manqué, Agnes.

— Et vous à moi, s'émut l'archéologue. Même si leur parquet est sublime, on n'est pas censé travailler pieds nus au musée Ashmolean.

— Fichus Moldus, grommela M. Livingstone.

Dehors, ils furent accueillis par la caresse d'un doux soleil de printemps. C'était un jour idéal pour commencer une nouvelle aventure.

— L'église du Temple, dit Agnes. À droite ou à gauche ?

M. Livingstone partit d'un de ses éclats de rire rauques qui semblaient avoir rouillé avec le temps, à force de ne pas servir, et tapota gentiment le bras de la fée.

— Quelle importance ? Ce qui compte c'est la promenade.

Achevé d'imprimer en avril 2022
sur les presses de la Nouvelle Imprimerie Laballery
58500 Clamecy
Numéro d'impression : 204077

Imprimé en France

La Nouvelle Imprimerie Laballery est titulaire de la marque Imprim'Vert®